I0650748

MATTISTERO: La riscoperta dell'antichità perduta

CHRISTIAN MILLS

Copyright © 2021 Christian Mills

Pubblicato a Maggio 2021

Tutti i diritti riservati.

Codice ISBN: 978-0-578-91459-6

DEDICA

Dedicato a tutte le persone oneste e di buona volontà, che ogni giorno lottano nel loro quotidiano per far andare bene le cose, e sono gli ingranaggi portanti del grande sistema che chiamiamo vita.

Christian Mills

INDICE

Prefazione

«Se stai leggendo questo manoscritto, quello che doveva succedere è già successo e qui troverai un resoconto della storia così come tutti quanti la conosciamo e così come i fatti sono stati descritti.

Ho scritto questo riassunto della vicenda per dare la possibilità a qualcuno dopo di me di non commettere i miei stessi errori, che ho inavvertitamente ed indubbiamente commesso.

La traduzione nella vostra lingua umanoide è stata fatta con molta cura, potenziando il mio traduttore universale e molti termini sono stati adattati per rendere la mia cultura comprensibile nella vostra cultura.

Ho preparato questo scritto e fornito istruzioni precise sulla sua pubblicazione, molto prima di quanto previsto, e quindi non saprei definire in questo momento la mia situazione e la mia ubicazione spazio temporale.

Quelle che seguono saranno le avventure e le esperienze che ho attraversato per ritrovare le antichità perdute appartenenti ad una civiltà. Collateralmente mi ritroverò anche invischiato in qualcosa di molto più grande di me, che forse riuscirete a comprendere alla fine della storia.

Non è purtroppo ancora conoscibile il mio stato corrente dopo questo scritto, se io sia morto oppure ancora vivo, forse troverete le risposte semplicemente attraversando le esperienze, così come di solito la vita fa continuamente.

Probabilmente, così come è successo a me, alla fine tutto vi sarà molto più chiaro, e da soli potrete capire dove sono stati commessi gli errori e cosa fare per non fare in modo che ciò si ripeta.

Il Manoscritto è stato redatto manualmente proprio nei pressi del vostro pianeta Natale, che dai nostri archivi risulta voi chiamiate "Terra".

La data purtroppo non sono riuscito ad identificarla con esattezza, poiché troppe sono le vicende che nel frattempo sono accadute, ed una buona parte dei miei archivi sono andati completamente distrutti nel corso della storia. La battaglia che c'è stata è stata davvero senza esclusione di colpi, e da entrambe le parti molte sono state le vittorie e le sconfitte.

Alla fine, comunque sono rimasto solo, ed è per questo che ho lasciato questo manoscritto come memoria unica della mia specie. Io ho sempre fatto un ottimo lavoro, ed ho sempre perseguito i miei ed i nostri obiettivi fino alla fine con una precisione matematica. Solo nella nostra ultima parte, c'è stata una variabile imprevista che non avevamo preso in considerazione e che ci ha purtroppo lentamente ma inesorabilmente sconfitto.

Purtroppo, se ho scritto questo, le cose non sono andate esattamente come avevamo previsto. Ci sono alcune variabili che non sono controllabili in questo universo, ci sono delle cose che non seguono esattamente delle leggi conosciute, ed è per questo che è quasi impossibile determinarne sia il corso sia la loro fine.

Ad ogni modo continuate pure nell' assimilazione della storia, spero che troviate i punti deboli e possiate fare anche voi qualcosa a riguardo, così come ha fatto il protagonista di questa unica storia. Spero di ricevere un vostro contatto più in là, e prego anche che la smettiate di chiamarmi con quello stupido soprannome e che usiate il mio vero nome.»

Androide 358 – "Il Camminatore"

CAPITOLO PRIMO – il risveglio

Gremy aprì gli occhi lentamente, e si ritrovò davanti una scena confusa. Non sapeva ancora se la giornata fosse finita o appena cominciata. Non sapeva dove si trovasse. Non sapeva se quella fosse la sua stanza, o un qualche letto d'ospedale. Poi dopo aver messo a fuoco un paio di oggetti vicino al suo letto, ebbe un vago sentore, come un leggero profumo di fiori che gli riportò in mente la confusione, quella solita confusione che ogni volta lo attraversava quando era di ritorno da lunghi viaggi interstellari.

Così suo malgrado riaprì gli occhi nebulosi cercando di farsi strada su quella strana specie di coperta, che adagiata sopra di lui, azzurra a squame di pesce esagonali, in quel luogo quasi familiare gli ricordava un mare scuro ed indefinito.

Poi con un guizzo Gremy spostò un braccio e guardò verso una parete semitrasparente, alla sua sinistra, che dava una certa parte di spazio in una specie di giardino nebbioso, con una lunga scia innevata che pareva una strada e si disperdeva all'orizzonte.

Poi in alto tra la fitta nebbia, due grossi corpi celesti che lentamente ombreggiavano il paesaggio. Erano le due lune di Mattistero, il suo pianeta natale. «Ecco meno male, sono su Mattistero e pare che io sia ancora vivo» pensò tra sé e sé Gremy rassicurandosi.

«Quelle in fondo dovrebbero essere Ganimede e Tadiozuma» - «Ganimede e Tadiozuma, le due grandi lune di Mattistero, mio padre me le indicava sempre da piccolo» – e mentre si lasciava andare a questo pensiero nostalgico, istintivamente strinse a sé la coperta che si attivò al tatto rispondendo con una suadente voce quasi metallica. «Buongiorno Gremy. cosa posso fare per te?» – Era l'intelligenza artificiale collegata alla coperta - «Ma in che anno siamo?» chiese sottovoce Gremy quasi tra sé e sé, ancora molto disorientato.

La coperta squamosa ondeggiando tra gli esagoni che la componevano assunse una forma più rigida, e rispose: «Calendario Astrale 2098, quarto lunario nel sistema quaternario di Mattistero, costellazione di Poconandia.». Per Gremy la situazione era ancora molto confusa, ma osservando meglio in giro in quella stanza iniziò a comprendere che si trovava in un letto di recupero, spesso utilizzato dopo i lunghi viaggi interstellari o per curare gravi ferite e malattie.

La coperta a squame azzurre era un elevato intreccio tecnologico, era un dispositivo medico militare elaborato e sviluppato utilizzando l'intelligenza artificiale e le caratteristiche cellulari di alcuni animali presenti nel mare di Mattistero. Quella coperta avvolgeva il suo corpo ed ogni tanto assumeva diverse conformazioni, tutte atte a ripristinare la salute dell'individuo che la indossava. Gremy non riusciva ancora a muovere le gambe, che erano saldamente connesse con quella coperta attraverso alcuni nervi a forma di tubo neri. «cosa mi è successo?» chiese nuovamente Gremy con la speranza che qualcosa arrivasse a dissipare tutti i suoi dubbi. «Sei stato portato qui dalla stazione Alfa dopo il tuo atterraggio di fortuna su Ganimede. hai riportato dei gravi traumi al tuo tessuto connettivo nella zona lombare. inoltre, c'erano parecchie fratture nella zona inferiore e negli arti inferiori che stanno venendo ripristinate» - «Ma atterraggio da dove? da dove venivo?» richiese Gremy con insistenza - «l'atterraggio di emergenza è avvenuto dopo che la tua navicella è emersa dallo spazio temporale con numerosi danni ed ha attraversato velocemente il ponte di controllo nella cintura esterna e poi si è schiantata su Ganimede. non ho ulteriori informazioni a riguardo. Ho già avvisato l'ufficiale medico del tuo risveglio, e sarà qui tra qualche minuto per accertarsi delle tue condizioni». Gremy era ancora confuso, non si ricordava nulla né dell'incidente né del suo stato attuale e né del perché si trovava in quella situazione. Si guardò con stupore le mani, composte da sei dita fluttuanti e molto agili, e le sue gambe ancora incastonate nella coperta esagonale. la sua pelle aveva un colore semitrasparente in molti punti, segno delle ferite che avevano abbondantemente danneggiato il suo corpo.

Così nell' attesa dell'ufficiale medico, istintivamente voleva vedere meglio dove si trovasse e chiese all' AI: «puoi aprire la finestra?» -

«Data l'attuale temperatura esterna e la perturbazione di cobalto in arrivo tra qualche minuto, le finestre sono state chiuse per sicurezza. posso aprire solamente le imposte e mettere a fuoco il paesaggio, conferma l'operazione?» «Si» rispose Gremy, e ad un tratto il paesaggio nebuloso divenne più chiaro e messo a fuoco.

Si trovava alla periferia di Skater Tempuri, la capitale dell'impero di Mattistero, nella costellazione di Poconandia.

Gremy con la visione più a fuoco, poteva scorgere in lontananza le cupole delle altre abitazioni nei quartieri ai confini di Skater Tempuri, e poi c'era una lunga strada innevata e ghiacciata che divideva la città in due sezioni. Ma lui la conosceva bene, perché poi si ricordava della seconda parte della città, immediatamente a lato della strada ghiacciata, la zona più centrale di Skater Tempuri. Tale zona, dove soggiornava anche l'imperatore di Mattistero era protetta dal resto della città da un piccolo ponte temporale, e tale ponte creava una sorta di semisfera che spostava quella zona dello spazio-tempo qualche minuto più avanti nel tempo.

Così chiunque avesse voluto attaccare la città, entrando in quel campo ghiacciato non avrebbe trovato nulla, soltanto un gran freddo. Sì perchè Gremy si ricordava benissimo che chi non aveva l'autorizzazione, ed entrava nello spazio di difesa di Skater Tempuri, si ritrovava a che fare con temperature vicine allo zero assoluto. Aveva visto tante volte con i suoi occhi durante le sue guardie nel periodo Accademico, tanti sprovveduti cercare di forzare la linea di difesa di Skater Tempuri e ritrovarsi a divenire neve polverizzata subito dopo.

Così la strada che era al confine della linea di difesa di Skater Tempuri, era perennemente ghiacciata. La cupola spazio temporale era sorretta da dei grandi generatori di energia, dei quali si avvertiva in qualsiasi momento il costante rumore in sottofondo, quasi un ripetuto e leggero ronzio.

In questo modo la città si proteggeva da eventuali attacchi nemici, e per poter entrare occorreva un permesso speciale e l'abilitazione al passaggio nello spazio tempo di difesa.

Mattistero si era esteso come impero anche alle galassie vicine, e per

11

via della sua politica di espansione normalmente attirava anche a sé molti nemici. Da qui la scelta di utilizzare della antica tecnologia Mattisteriana ripristinata, per difendere la città.

La parete destra della camera in cui era sdraiato Gremy, improvvisamente divenne semitrasparente e si aprì in maniera rapida. «Buongiorno Gremy, ben svegliato» - «sono Lisy Marzok, il tuo ufficiale medico. sono venuta a controllare il tuo stato di salute per oggi» - Gremy la guardò in viso, aveva il volto magro e scavato, e sul collo i segni visibili dei danni al tessuto connettivo posteriore. Questo indicava che aveva combattuto ferocemente da qualche parte. Tutto questo confermato anche dai simboli presenti sulla sua uniforme, e dall' anello con la croce esagonale a sei punte. «Sono un po' confuso» disse Gremy «non riesco ancora a ricordare quando sono partito l'ultima volta e cosa ci faccio qui» - «E' normale rispose Marzok, dopo un forte trauma come il tuo è normale che possa succedere una leggera amnesia. Inoltre, sei stato a contatto con sostanze aliene non identificate sulle quali stiamo facendo ancora delle analisi. Potrebbero aver interferito con il tuo normale ciclo metabolico» - Marzok chiese all' intelligenza di mostrare lo stato attuale delle gambe del paziente, e la coperta a squame esagonali divenne subito trasparente, suddividendosi in due tronconi ai lati del letto, ed evidenziando tramite ologrammi al centro del letto le condizioni fisiche di Gremy. «Bene Gremy, cosa abbiamo qui? entrambe le tue gambe stanno migliorando, ma sono state sottoposte a radiazioni ed un forte calore ed è stato un miracolo che siano ancora rimaste tutte intere. ti fanno ancora male qui?» chiese Marzok mentre estraeva dalla tasca un cilindro metallico «Non tanto ancora, ma non riesco a controllarle bene come con le mani. il mio substrato non risponde e non riesco neanche a muoverle» disse Gremy mentre Marzok analizzava lo stato inferiore delle gambe. «Bene, il tessuto connettivo e in via di ricrescita, occorreranno circa 40 ore per un recupero quasi completo». Poi velocemente si rivolse all' AI: «Lisy Marzok, ufficiale medico di secondo livello, riavviare protocollo medico di recupero sul paziente Gremy» disse Marzok, e la coperta si ricompose riconnettendosi con le gambe e la schiena di Gremy.

«Riposati Gremy, presto potrai tornare alle tue faccende quotidiane. ma dovrai fare rapporto al tuo superiore appena ti dimetterai, perché ho ricevuto degli ordini sul tenerti in osservazione ma per il momento rilassati e goditi il meritato riposo». Così elegantemente Lisy Marzok uscì dalla sala dell'ospedale, con quelle mostrine rosso scarlatto che brillavano sulle braccia, così come i suoi occhi vispi ed attenti. Quelle sue mostrine rosse, indicavano che era un ufficiale medico decorato, per aver partecipato a missioni operative e per aver collaborato a progetti sperimentali.

Gremy si distese meglio nel suo letto, si voltò verso la finestra dall' altra parte della stanza ed iniziò a sforzare la memoria per ricordare. Iniziò dalle mostrine rosse.

Le mostrine rosse fecero così venire in mente a Gremy delle macchie di sangue rosso, sangue che era presente in sospensione nella sua navicella a gravità zero poco prima dell'impatto. Sangue rosso? Il sangue degli abitanti di Mattistero era grigio argenteo, tranne che per una specie di grosse balene che vivevano nei mari di cobalto in alcune zone estese del pianeta. I Balenotteri avevano il sangue blu cobalto. Quindi cosa ci faceva del sangue rosso nella sua astronave poco prima dello schianto?

Proprio non riusciva a ricordare. Comunque, la sua smania di conoscere era molto grande, così si rimise nuovamente a pensare all' accaduto: le gambe facevano troppo male, la navicella era fuori controllo ed i sistemi di navigazione in avaria. il piccolo buco nero che fungeva da propulsore era danneggiato e stava fuoriuscendo dal campo magnetico di protezione distruggendo la zona interna dei motori. Gli allarmi continuavano a suonare mentre l'impatto era imminente. poi divenne tutto nero.

«Forse non avevo attivato il trasponder» disse Gremy tra sé e sé. poi guardando la coperta, che era il suo unico interlocutore nella stanza, Gremy cercò disperatamente delle risposte e decise di chiedere aiuto all' AI, pronunciando la sua formula di presentazione in maniera automatica e disse: «Gremy Tronovan, tecnico incursore di terzo livello, autorizzazione Skater Tempuri numero 249, chiedo accesso riservato agli ultimi rapporti sulla mia ultima missione». Bene, qualche frammento di memoria iniziava a tornare, anche se in modo automatico.

«Accesso confermato», rispose l'Ai. «I dati della missione sono sullo schermo» e sulla parete di fronte a Gremy si accese un display mostrando i dati della sua ultima missione.

«Scopo della missione: Ricerca e sviluppo nel settore di Alfa Centauri, con scorta della seconda nave verso il vicino sistema di Bettlejuice» diceva il rapporto. «Raccolta dei campioni dalla seconda luna di Bettlejuice, analisi psicologica degli operatori nella base, e scoperta della fonte dell'ammutinamento». - «ah sì l'ammutinamento». C'era stata una piccola ribellione degli operai presenti sulla luna, che si rifiutavano di estrarre il magnesio perchè sottoposti a turni massacranti distanti anni luce dalle loro famiglie, e Gremy era stato inviato dal governo centrale di Skater Tempuri per investigare sulla cosa. Il rapporto era anche ricco di dettagli, ma purtroppo incompleto con l'obiettivo missione che non era stato raggiunto, anche se descriveva come alcuni di questi operai protestavano contro il governo centrale perchè reo di calpestare i loro diritti e di non remunerarli in maniera soddisfacente.

Tutto per il magnesio! Il magnesio è un minerale molto raro su Mattistero, ed è essenziale per la costruzione sia di vari dispositivi elettronici che per l'alimentazione e la cura degli abitanti del pianeta. Avevano scoperto nel corso degli anni che il magnesio aiuta a ricostruire più in fretta il tessuto connettivo dei Mattisteriani. In base alla loro costituzione, oltre alle sei dita molto agili e munite di piccolissime ventose, i Mattisteriani possedevano inoltre un grosso tessuto connettivo localizzato specialmente dietro la schiena e su braccia e gambe, che utilizzavano per plasmare e modificare il loro corpo a piacimento. il tessuto connettivo era intimamente connesso con la loro struttura neurale, e poteva a piacimento far cambiare forma al corpo e fargli cambiare anche colore e caratteristiche.

In questo modo evolvendosi avevano sviluppato questa abilità che gli

14

consentiva di avere la meglio sul loro ambiente. I Mattisteriani infatti godevano della migliore fama galattica come maestri del mimetismo e del travestimento.

Correva inoltre la leggenda, che i più abili Mattisteriani fossero in grado di plasmare lo spazio tempo al loro volere, e che il sistema di difesa di Skater Tempuri fosse appunto stato sviluppato in base alle scoperte fatte dagli Antichi Saggi Mattisteriani.

Gremy intanto andò avanti a spulciare le note nei rapporti, e si accorse che le ultime prima del-

l'incidente provenivano da Urano, un pianeta ai confini del sistema Orbitale 459. Cosa ci faceva in quel posto remoto ai confini della galassia?

Non c'era nulla di appetibile su Urano, il freddo pianeta del sole 459. Il sole 459 era una piccola stella con una gravità molto bassa, se paragonata ad esempio alla stella supergigante bianca di Bettlejuice. La gravità era bassa, l'energia di quella particolare stella era bassa anche per essere sfruttata per un salto ipertemporale, quindi cosa ci faceva lui in quella lontana e strana posizione?

E poi, perchè subito dopo con un salto ipertemporale in base ai rapporti si era trovato in panne nei pressi di Ganimede?

Domande che ancora aleggiavano nella testa di Gremy. Nonostante la malattia e la strana situazione, niente poteva fermare il desiderio di sapere e di investigare che lo aveva sempre caratterizzato sin da piccolo. Così Gremy continuò a guardare i rapporti e si accorse che alcuni erano firmati dal suo superiore, Tenente caporale Zoriberg, uno sbandato ciccione senza nessuno scopo, che non si sa come aveva assunto delle posizioni di comando nell' armata dei Mattisteriani.

«AI, mostrami ultima comunicazione in uscita inviata dalla mia navicella prima dell'incidente» - chiese Gremy ancora ansioso di scoprire il perché dell'incidente - «Si tratta di un segnale radio a bassa intensità inviato in direzione di sole 459» - «vuole che decodifico il segnale? tempo stimato per la sua decodifica 6 ore e 19 minuti» - «va bene» disse Gremy, nella speranza di riuscire a capire qualcosa. E poi si tranquillizzò. Si guardò il braccio, e gli vennero in mente ancora le mostrine, che sfortunatamente non indossava in quel momento. In verità non aveva indosso nemmeno la divisa. lui ne aveva 3 di mostrine, due che erano equivalenti allo status di secondo livello ed una terza di colore verde che indicavano un alto livello nell' intelligence. Si, perchè lui era un tecnico incursore specializzato in spionaggio ed intelligence. in pratica era uno dei migliori e veniva spesso inviato in territori ostili ed in avanscoperta, in situazioni quasi sempre inaspettate e pericolose, con lo scopo di raccogliere dati e preparare poi l'assalto da parte degli altri soldati Mattisteriani. La sua era una delle mansioni più importanti e più difficili di tutta l'armata imperiale di Mattistero.

Rammentò che non era proprio felice di quella occupazione, attratto com'era dalla scoperta ed analisi della saggezza degli Antichi, e dal fatto di voler essere libero da qualsiasi obbligo morale. Nel suo lavoro era molto bravo, uno dei migliori, ma spesso doveva scendere a compromessi e quindi non era veramente libero, poiché spesso doveva mentire ed ingannare per ottenere gli obiettivi assegnati dalle sue missioni.

Con nostalgia rivolse il suo sguardo fuori dalla finestra, lasciando perdere i rapporti, e portò la sua attenzione ai confini di Skater Tempuri, mentre la grossa tempesta di cobalto era già iniziata, e si potevano vedere i frammenti di cobalto che sospinti dal vento, si infrangevano sulla calotta temporale di Skater Tempuri, creando migliaia e migliaia di scintille elettriche blu e bianche.

Era uno spettacolo molto bello, che Gremy amava da sempre e che aveva visto tante volte da piccolo insieme a suo padre.

Doveva riposarsi, ma quello che voleva di più era rimettersi in sesto e riprendere il controllo della situazione. Cosa aveva procurato l'incidente? che ci faceva del sangue rosso nella sua navicella? Perchè il segnale radio era stato inviato a sole 459? Doveva al più presto ritornare a ricordare.

«Ai, chiudi i rapporti perfavore» - «trasmetti glicosia al terzo stadio». così la coperta esagonale assunse una forma ancora più squamosa, ed i vari esagoni che la componevano iniziarono a vibrare molto lentamente. La vibrazione si diffondeva in tutto l'ambiente ed arrivava al tessuto connettivo di Gremy, ed al contatto con tale tessuto si trasformava in quella che veniva chiamata arte dello spostamento delle onde sonore. La Glicosia appunto, ossia la Musica Mattisteriana.

Ed ora, mentre la coperta lo avvolgeva e lo ricostruiva, con la glicosia che faceva vibrare lentamente le sue membra, Gremy riprese a dormire, convinto che grandi avventure lo aspettassero molto presto, appena finito quel periodo di convalescenza.

«Allarme! Allarme!» – «i sensori sul ponte di comando rilevano un incendio nei settori primari della nave» – «Allarme! Protocollo di emergenza attivato, richiesta evacuazione immediata, in prossimità di Ganimede» – continuava a ripetere il computer di bordo – Gremy si alzò con la vista dei suoi quattro occhi appannata, riusciva malapena a scorgere qualcosa alla sua sinistra. Le gocce di sangue rosso fluttuavano nell' aria, mentre il computer continuava a ripetere «Allarme! Protocollo di emergenza attivato, richiesta evacuazione immediata, in prossimità di Ganimede» – Gremy continuava a vagare nella parte inferiore della navicella, mentre anche altri oggetti fluttuavano nella nave, ormai priva di gravità e dei principali sistemi vitali. Gremy cercava con tutte le sue forze di arrivare al ponte di comando in alto, per poter attivare il transponder che gli avrebbe permesso di attraccare alla base più vicina.

Ma la sua vista era compromessa, inoltre le gambe non rispondevano più al controllo ed in alcuni punti erano divenute totalmente trasparenti, segno che il tessuto connettivo aveva smesso di esercitare le sue funzioni vitali. Probabilmente aveva perso anche molti fluidi vitali durante l'incidente e l'esplosione...

Si, l'incidente! L'incidente della navicella che aveva coinvolto qualcuno. C'era qualcuno a bordo, qualcuno di alieno prelevato da un pianeta vicino a sole 459! e poi qualcosa era andato storto, doveva raggiungere al più presto il ponte di comando altrimenti la navetta sarebbe esplosa! «Allarme, allarme! «il computer continuava a recitare costantemente i suoi avvisi come fossero le sue preghiere. Gremy raccolse tutte le sue forze, e con la sua mano sinistra con le sue sei dita le richiuse ed immaginò un piccolo arco, poi utilizzando le sue abilità grazie al resto del tessuto connettivo che gli rimaneva in funzione, il suo arto e le sue dita assunsero la forma di un piccolo archetto, con una specie di settore arcuato nel mezzo. Gremy usò questa parte del suo corpo per spingersi con l'altra mano, in assenza di gravità, verso la parete della navicella più vicina a lui, e poi poggiarsi a tale parete con la sua mano ed il suo braccio mutati! Una mossa da vero Mattisteriano!! La forza della spinta in combinazione con l'elasticità del suo arto, gli diedero un rinculo abbastanza forte da proiettare il suo intero corpo nella direzione opposta verso il ponte di comando.

Tuttavia, durante la controspinta si accorse che vi era la testa, la testa di un umanoide che in un lato della nave, incastrato e trafitto da una lastra di duranio, lo osservava. Era quello l'alieno che aveva raccolto? Quello sguardo sembrava amichevole, quasi fraterno in cerca di aiuto...

«Allarme, allarme, supporto vitale assente. Richiesta evacuazione immediata. Siamo in prossimità di Ganimede», il computer continuava imperterrito nella sua continua rimembranza della morte. Gremy stava letteralmente volando verso il ponte di comando, ed immaginando con il suo arto destro un arpione, e così le dita della sua mano destra assunsero la forma di un gancio.

Gremi con la sua mano riuscì a fissare la parte destra del ponte di comando, vicino al pannello centrale, mentre le sue gambe ormai prive di vita continuavano la folle spinta e andavano a sbattere contro vari sportelli e contenitori dei campioni di laboratorio che erano sparsi dappertutto nella navicella.

Non sentiva più il dolore perché il tessuto connettivo era distaccato e completamente assente, ma sapeva che la situazione era molto critica. Subito sciolse il suo arto sinistro, che riprese la sua conformazione naturale e le sue sei dita immediatamente dopo andarono a poggiarsi esattamente sugli angoli dell'esagono centrale che era posto sul pannello di controllo.

Non c'era tempo per pensare! Schiacciò la giusta sequenza ma una seconda esplosione proiettò vari oggetti contro il suo viso a velocità assurde dato che erano in assenza di gravità. Un attrezzo da laboratorio, probabilmente uno scalpellino o qualcosa del genere colpì violentemente la sua spalla destra provocando una fortissima contusione ed un forte dolore.

Il suo corpo nell' accusare il colpo, si deformò come se fosse fatto in maniera liquida, ed il dolore che sentì fu molto forte, tuttavia Gremy non lasciò la sua mano destra agganciata al pannello, ed anche se stava vedendo tutto nero decise di digitare nuovamente alla cieca la sequenza di attivazione del trasponder di emergenza.

«allarme, allarme…..» – poi l'allarme continuo del computer di bordo si interruppe «Transponder di emergenza attivato, agganciata base di atterraggio Proxima 2, luna di ganimede. Inizio procedura di atterraggio di emergenza. I sistemi vitali sono disabilitati. La sopravvivenza dell'equipaggio è compromessa» – Gremy ce l'aveva fatta, e voleva soltanto chiedere qualcosa all' alieno che era a bordo, ma non riusciva ancora a vedere nulla, il dolore era troppo forte e stava per perdere i sensi… e poi…

«Aaaaaaaahh»!! Il suo grido fu molto forte ed echeggiò nella stanza, che era ancora lì, e la coperta esagonale blu cobalto lo accolse nuovamente al suo nuovo risveglio!

«Cosa succede Gremy? Qualche brutto sogno?» chiese l'AI per assicurarsi sullo stato di salute del suo paziente. «Si va tutto bene» disse sommessamente Gremy.

Era stato un altro incubo, che però gli aveva permesso di recuperare un altro frammento di memoria. Gremy si guardò le mani per accertarsi del suo stato vigile, e nuovamente diede una occhiata fuori dalla finestra.

Per fortuna la tempesta ora era cessata. Mamma mia, quanto cobalto c'era su Mattistero! era la cosa più diffusa che si poteva trovare su quel pianeta. Addirittura vi era un grande mare blu pieno di questo metallo liquido in cui ondeggiavano le grandi Balene azzurre.

La sua coperta glielo ricordava poiché in parte era costituita dal tessuto di quei grandi animali.

Gremy ormai sveglio ed un po' scosso ancora dall' incubo che aveva avuto, riaprì gli appunti sui rapporti che aveva visto qualche ora prima, e si accorse che erano trascorse soltanto quattro ore dal suo ultimo controllo, così decise di ricontrollare gli atti governativi sulla sua missione in cerca di risposte.

Lisy Marzok dopo qualche ora tornò a controllare il suo stato di salute, e avvisò Gremy che appena si fosse rimesso sarebbero arrivati degli altri Mattisteriani per investigare e interrogarlo sull' accaduto. E mentre Lisy gentilmente lo avvisava, Gremy si accorse con la coda degli occhi che fuori dalla sala in lontananza vi erano due soldati Mattisteriani classe 4 che facevano la guardia.

I classe 4 erano dei tipi tosti, sottoposti ad allenamenti speciali e con terapie genetiche avevano forza, velocità maggiorate e possibilità di sviluppare dai loro arti anche armamenti speciali grazie a queste tecnologie innovative. Insomma, i Classe 4 erano degli ottimi soldati, e delle invincibili guardie del corpo. Se erano lì presenti, voleva significare solamente una cosa: che lui era sotto arresto per aver commesso qualcosa. C'era qualcosa di molto più grande di lui in ballo.

Ma era troppo stanco per occuparsene adesso, così decise di fare finta di niente e di riposarsi un altro po', dicendo a Marzok che era ancora gravemente malato e non era in grado di sostenere un colloquio al momento..

Così passò un'altra notte Mattisteriana, e all' alba Gremy si svegliò, notando come la luce del sole bianco di Mattistero riflettesse al mattino su Ganimede e Tadiozuma, le due enormi lune che facevano da contorno al paesaggio.

L'alba a Mattistero faceva sempre un bell' effetto, specialmente poi quando il sole andava a colpire la cupola di difesa di Skater Tempori, formando varie forme sinuose nell' atmosfera dovute alla rifrazione della luce nel tempo futuro.

Uno spettacolo magico, perché è difficile se non impossibile vedere la luce del futuro. La luce in una barriera temporale si distorce, fino a scomparire. Invece i Mattisteriani che abitavano nella città vecchia sotto la cupola, la vedevano la mattina presto ma nel passato, con un ritardo di circa cinque minuti dovuto allo spazio temporale.

Gremy si ricordava di esserci stato proprio sotto la cupola, il giorno del suo giuramento militare circa dieci anni prima, presso gli uffici militari governativi a ricevere il suo primo grado di ufficiale ed il suo primo incarico operativo. Per accedere alla città era stato munito di un lasciapassare, un aggeggio semielettronico da inserire nella cintura al centro del corpo, il quale generava un campo di forze spazio-temporale che permetteva di proiettarsi nel futuro di 5 minuti, allineandosi quindi con la città vecchia protetta dalla barriera spazio temporale.

Il lasciapassare andava attivato solamente in prossimità della cupola, per evitare che lo spostamento potesse congelare tutte le cose ed esseri nelle vicinanze di chi indossava il lasciapassare.

Così quella volta, vicino alla strada ghiacciata sul confine di Skater Tempori, Gremy accese il lasciapassare ed attraversò i confini governativi scortato da 4 Mattisteriani di classe 4 ed insieme ad altri due suoi commilitoni, diretto verso gli uffici governativi al centro della città.

La città vecchia era uno splendore, molto pulita e luccicante e lasciava intravedere la periferia della città esterna attraverso la cupola, ma la visione della periferia non era chiara, era come quella di un ricordo, annebbiata, miope e sfocata. Invece La città vecchia era molto molto bella, ed il rumore dei generatori spazio-temporali qui era molto più forte ed il ronzio molto più evidente. I quattro generatori Mattisteriani erano posizionati quasi nei pressi del centro della cupola, a formare un grandissimo quadrilatero che racchiudeva i più importanti uffici governativi: L'ufficio militare Mattisteriano, l' Accademia di addestramento, il parlamento Mattisteriano ed il palazzo del governatore, e per finire sul retro del quadrilatero l'università Mattisteriana con tutte le facoltà possibili.

Lì Gremy aveva trascorso gli anni giovanili, per poi essere chiamato presso l'accademia di addestramento e dopo venire assunto nell' ufficio militare Mattisteriano. Che bei tempi.

Ora invece era tutto passato, e continuava ad avere quella strana sensazione di non essere più veramente sé stesso, come se tutto quello che avesse vissuto fino a quel momento appartenesse ad un altro.

Così Gremy smise di guardare la finestra, e si rivolse verso il monitor centrale presente di fronte al letto. «Attiva specchio» – disse noncurante – ed il monitor iniziò a riflettere la sua immagine. Era strano sentirsi così, era come guardarsi per la prima volta dopo tanto tempo. La sua testa muscolosa ed agile, con la pelle grigio argenteo, ed i quattro occhi di cui due piccoli in basso e due più grandi in alto, occhi semitrasparenti di un azzurro chiaro. La testa a forma leggermente trapezoidale, le spalle larghe e sinuose, e le mani con le sei dita, con le falangi molto morbide e i polpastrelli leggermente a forma di ventosa. Per questo vi erano gli esagoni!

Gli esagoni erano dappertutto, anche ai lati del monitor che fungeva da specchio e ce ne erano anche altri disposti nella stanza.

Gremy si accorse anche che al lato della porta principale alla sua sinistra vi era un grande esagono di controllo, che racchiudeva un codice di sicurezza per poter aprire o chiudere la porta. In pratica era come essere rinchiuso in una prigione!!

Quindi si guardò il braccio e provò ad immaginare qualcosa di simile ad un coltello, ma con suo immenso stupore non accadde nulla. Non era come nel suo ricordo, o incubo che aveva fatto il giorno prima. Forse era colpa anche del tessuto connettivo che non era completamente ripristinato e delle sue cattive condizioni di salute.

«AI» – chiese Gremy con forza – «Qual è il mio stato di salute?» – «Il ripristino dei tessuti è arrivato al 48 per cento circa, tempo stimato al completamento circa 18 ore». Diciotto ore ulteriori di attesa. Il che voleva dire che non aveva più molto tempo, perché la giornata era appena cominciata, e diciotto ore più tardi sarebbero venuti a prenderlo per interrogarlo e portarlo chissà dove. Non poteva permetterlo, specialmente ora che era così confuso da non sentirsi più nemmeno sé stesso. Aveva bisogno di ulteriore tempo per ricordare e rimettere insieme i pezzi di tutta quella strana esperienza.

Decise che non poteva stare lì inerme ad aspettare il suo probabile arresto da parte dei soldati guidati dal suo comando ed assistere ad una probabile disfatta durante il suo interrogatorio. Sapeva che in fondo quella non era la cosa giusta da fare. Così il suo istinto di incursore tecnico da combattimento prevalse, ed iniziò a fare la cosa che riusciva a fare meglio: improvvisare.

Contò circa quindici esagoni blu cobalto della sua coperta, da un lato e all'altro, e li staccò dalle loro sedi in blocco dato che erano interconnessi, insieme anche ai filamenti tecnico-nervosi che erano connessi alle sue gambe, in modo da formare due grandi tronconi. «Attenzione, supporto vitale disconnesso. Recupero salute bloccato» rispose l'intelligenza artificiale. Gremy sapeva che era soltanto questione di minuti, presto qualcuno come Marzok o chi per essa sarebbe venuto a controllare, avvisato sicuramente del problema in corso alla coperta rigenerante. Ma Gremy stava già elaborando ed applicando un suo piano. Guardò alla sinistra del suo letto, dove in precedenza si era accorto che vi erano due grossi scarponi e mentre con una mano teneva un pezzo della coperta ricoperta di cobalto, con l'altra cercò di avvicinarli e prenderli con sé. Non erano grossi né sottili come quelli dei Mattisteriani corridori, ma sembravano dei semplici stivali medici utili per contenere malattie ed infezioni alle gambe, e probabilmente anche predisposti alla somministrazione automatica dei farmaci. Ma erano meglio che niente, dato che non riusciva a muovere bene i piedi e le gambe. Soprattutto le gambe, che erano ancora semitrasparenti e lasciavano intravedere a malapena le fibre muscolari. Attraverso le sue gambe poteva persino scorgere gli oggetti retrostanti!

I suoi piedi erano tutti sfibrati, come le radici afflosciate di un albero e non riusciva a dargli una forma ed una solidità sufficienti per camminare! Incredibile! aveva assolutamente bisogno degli stivali, anche da un punto di vista meccanico per contenere e dare solidità alle sue gambe.

Così rovesciandosi su un lato, con un balzo dal letto mise i suoi piedi negli stivali, che avevano una spia ovale in basso che si accese subito dopo.

23

Gremy non sapeva a cosa servisse né perché si era acceso, probabilmente era appunto un sistema di verifica e di somministrazione dei farmaci in maniera automatica, era di colore verde e più che altro sembrava una spia o un trasmettitore di qualche tipo. Nella stanza, tuttavia, iniziò a suonare l'allarme, perché nel balzo che aveva fatto dal letto il suo tessuto connettivo posteriore nelle spalle si era staccato dalla parte superiore del letto provocando l'arresto dei sistemi e l'invio dell'allarme generale per criticità del paziente.

Presto, i minuti scorrevano inesorabili! Non aveva visto il codice utilizzato da Lisy Marzok per uscire e chiudere la stanza, quindi non aveva molte chance di uscire indenne da quella situazione. Sapeva che le guardie o qualcuno sarebbe arrivato a controllare molto ma molto presto. Guardò sul tavolo vicino al monitor centrale, per recuperare eventualmente qualche oggetto utile ma non riuscì a trovare nulla. Non riusciva nemmeno a stare in piedi per più di qualche secondo, perché le gambe non reggevano. Doveva trovare una soluzione alla svelta!

Così immaginò un trapano ma la sua mano destra non si muoveva, rimase sempre la stessa con le sue sei dita. Allora trovò vicino al letto un cilindro di ferro che conteneva dei liquidi che l'AI gli somministrava durante il processo di guarigione, così strappò dalla sua sede questa provetta di ferro e la spinse con forza nella tastiera esagonale della porta che racchiudeva il codice di sicurezza. Dapprima non successe nulla. Poi aiutandosi anche con l'altra mano, spinse con tutta la forza che aveva a disposizione.

Ci fu un corto circuito nella tastiera ed il sistema andò in tilt facendo alcune scintille ed un piccolo principio di incendio, e sapeva che in quei casi per sicurezza la porta si apriva per permettere l'evacuazione dei presenti. La porta si aprì velocemente subito dopo. Allora con la mano sinistra prese alcuni ulteriori pezzi di tessuto connettivo dalla coperta e li buttò nel corridoio che trovò di fronte alla porta aperta. In questo modo poteva sembrare che fosse fuggito verso quella parte del corridoio. Il corridoio in fondo si suddivideva in varie sezioni, perché le stanze probabilmente erano disposte in un grande edificio dalla forma rettangolare.

«Clank, Clank» – il rumore dei passi degli stivali Classe 4 Mattisteriani, era inconfondibile! I magneti collegati agli stivali urtavano il pavimento e avvisavano con un gran baccano che le guardie stavano venendo a controllare! «Caspita, anziché il personale medico i primi ad arrivare sono i soldati! quindi sono sotto arresto!» Questo pensiero lo attraversò come un fulmine. Non sapeva cosa fare, perché essendo malconcio era impossibilitato a scappare. I soldati molto più agili lo avrebbero preso in pochissimo tempo. E comunque sarebbero venuti a prenderlo, il rumore era sempre più vicino. «Clank, clank, clank clank» erano in due dato il doppio eco degli stivali sul pavimento metallico dell'ospedale. Gremy così prese il resto della coperta rigenerante che aveva indosso e la buttò sul letto, mentre pensava ad una soluzione plausibile. I Classe 4 erano molto vicini, sentiva le loro comunicazioni ad alta voce «Qui ho trovato alcune tracce, tu controlla esternamente io vado a verificare nella sala primaria» ed erano proprio a pochi metri di distanza fuori nel corridoio. Silenziosamente si tolse gli stivali nella stanza e si avvicinò alla parete con il monitor, era praticamente nudo. Sentiva il peso delle armi e delle armature del Mattisteriano di classe 4 che facevano quasi ondeggiare il pavimento, con il soldato che ormai era nella stanza. L'unico pensiero che aveva era quello di scomparire, perché sapeva che ormai l'avrebbero preso.

«Clank!» Lo stivale batté sul pavimento con forza mentre il Mattisteriano da dietro il suo casco scandagliava la stanza, guardando prima i resti della coperta sul letto e gli stivali di fronte poggiati per terra. Poi per un secondo rivolse lo sguardo verso Gremy, puntandogli il fucile. Gremy aveva distolto lo sguardo e guardava fuori dalla finestra, cercando appunto di scomparire. Il soldato poi si girò dall' altra parte, gridando al collega: «Il prigioniero è fuggito, controlliamo in esterno, subito, adesso!! avvisate Lisy Marzok» – e «Clank clank» cominciò a correre verso il suo collega. La paura e la necessità in Gremy avevano fatto sì che si attivasse il tessuto connettivo superiore, e tutta la sua parte del corpo superiore aveva assunto i colori della parete e della stanza in cui si trovava. Le gambe erano rimaste tuttavia semitrasparenti, ma posizionate appena dietro un tavolino e nella concitazione la guardia di Classe 4 non si era accorta di questo particolare, preoccupata com'era di aver perso il prigioniero, e delle possibili punizioni che poteva ricevere per questo.

Così Gremy rimise gli stivali medici e riprese i due tronconi del pezzo di coperta riagganciandolo nella parte superiore delle gambe ed inferiore dell' addome per continuare il processo di guarigione, anche se in modo molto limitato.

Rubò un paio di cilindri di sostanze liquidi presenti nella stanza, ed uscì nel corridoio stando attento ad eventuali telecamere e sentendo i rumori degli stivali delle guardie che si allontanavano velocemente. Voleva uscire al più presto e tornare alla base Alfa, dove presumeva doveva ancora esserci la sua navicella e trovare maggiori informazioni sulla sua situazione.

Così prese un corridoio secondario sulla sinistra, sperando di raggiungere una uscita non presidiata da telecamere di controllo, ma mentre camminava ancora in modo molto maldestro e lentamente, si aprì una porta nel corridoio proprio dinanzi dalla quale sbucò fuori Lisy Marzok. «Gremy tu qui!?, cosa stai combinando??!! Non puoi alzarti nelle tue condizioni, devi ancora guarire! Ma sei impazzito? Il riposo assoluto è fondamentale per rimetterti in sesto» – «Lisy io non posso stare qui. Devo capire cosa mi è successo e in che situazione mi trovo, non posso assolutamente rimanere, credo mi abbiano incastrato». «capisco» disse Lisy Marzok, «ma io non posso autorizzarti ad uscire in queste condizioni. Sei ancora in cattive condizioni e come ufficiale medico e come Mattisteriano non posso permetterlo. Tu non sei ancora guarito e le tue condizioni psicofisiche attuali lo testimoniano» – «Lisy, io non posso rimanere. Devo capire quello che mi è successo prima, e in che pasticcio mi sono andato a ficcare o in cosa mi hanno incastrato». «Lisy, abbiamo fatto insieme l'Accademia e so che cosa vuole dire l'onore per te.» – Gremy tirò ad indovinare, anche se la memoria non lo aiutava, ma il volto di Lisy gli era molto familiare «In nome della nostra vecchia amicizia, permettimi di non essere arrestato e processato per cose che non so nemmeno di poter aver commesso. Io devo andare via da qui per scoprire la verità, mi rimetterò in sesto, comunque noi come tu ben saprai siamo abituati a fronteggiare situazioni ben più difficili. Fai finta di non avermi mai visto, perfavore Lisy.». Lisy Marzok rimase come impietrita a quella richiesta, combattuta tra la sua amicizia ed onore ed il suo senso del dovere come medico ufficiale, mentre osservava lentamente Gremy zoppicare verso l'uscita del lato nord dell'ospedale.

in sottofondo si udivano ancora le guardie di classe 4 che urlavano e correvano per i corridoi aprendo e setacciando ogni stanza. I rumori delle guardie si fecero più intensi perché probabilmente stavano tornando indietro, ma Gremy riuscì ad aprire la porta prima che lo vedessero, e si ritrovò all' esterno.

C'era molto freddo, in quanto l'ospedale in quel momento si trovava all' ombra di Ganimede e più o meno c'erano quindici gradi sotto lo zero termico. La tempesta di cobalto appena passata aveva lasciato un sacco di residui di neve azzurra sparsa un po' dappertutto, anche sulla balaustra sulla quale si trovava Gremy. L'uscita che aveva preso si trovava proprio al lato Nord del caseggiato, ed essendo una uscita di emergenza dava su una piccola piazzola inutilizzata e cosparsa di neve, subito dopo la quale c'era un dirupo e delle lunghe scalinate per scendere in basso.

Gremy osservò la scena e capì che non poteva prendere le scale perché troppo lento ed il rischio di venire scoperto era molto alto. Inoltre, la base Alfa era verso Sud, nei pressi della città vecchia di Skater Tempuri e quindi decise di fare diversamente. Intravide dentro la porta le ombre e le sagome delle guardie Mattisteriane che lo stavano cercando, così rapidamente si mise sul lato del caseggiato affianco al dirupo sul lato sinistro ed immaginò fortemente di avere delle ventose al posto delle mani.

Fortunatamente il suo tessuto connettivo superiore aveva ripreso a funzionare abbastanza bene. Solo con le braccia e le mani quindi si attaccò alla parete liscia laterale dell'ospedale, proprio di fianco al dirupo, ed iniziò a scendere scivolando un poco alla volta senza utilizzare le gambe sia per fare più in fretta e sia perché le sue condizioni non erano delle migliori. Discese di almeno 3 piani, e si ritrovò al livello dello scantinato dell'ospedale. Al sul fianco la parete del dirupo si avvicinava molto a quella dell'ospedale. Staccò le sue mani dalla parete a vetri dell'ospedale, e poggiato finalmente a terra prese un vicoletto laterale, stretto tra il dirupo che costeggiava l'ospedale e che si immetteva su una viuzza in un quartiere di Skater Tempuri.

C'era una gran confusione, e si trovava proprio in mezzo al mercato delle balene! erano anni che non ne frequentava uno. Il mercato delle balene veniva fatto a rotazione tra diversi quartieri della città. In una delle piccole bancarelle vicine al vicolo, vi era un grosso venditore di balene che si faceva chiamare Fankel in maniera molto vistosa e rumorosa, come anche scritto sul tesserino elettronico che portava sul petto.

Fankel sbraitava, sbattendo la carne di balena con le squame ricoperte di cobalto da una parte all' altra della bancarella, mentre con la mano sinistra modellata con una vistosissima lama si divertiva a desquamare quel pezzo di carne invitante. Altri Mattisteriani erano fermi intorno alla bancarella ad osservare quella specie di spettacolo e a valutare la qualità del prodotto da acquistare. Gremy si accorse di un piccolo particolare, che la lama di Fankel era in parte metallica e lucente, segno che Fankel in passato era stato sottoposto a terapia genetica simile a quella dei Mattisteriani di classe 4, perché poteva produrre tessuti con metalli all' interno. Chissà che passato aveva avuto! Comunque, Gremy non poteva aspettare né farsi vedere in giro conciato in quel modo, sarebbe stato troppo riconoscibile per chiunque. Indossava soltanto due stivali medici, ed un paio di tronconi di coperta rigenerante. Si avvicinò sul retro della bancarella, ed approfittando della confusione e di due Mattisteriani che chiesero informazioni e spostarono alcune mercanzie di Fankel distraendolo, Gremy rubò la divisa di ricambio di Fankel, un cappello da pescivendolo e degli stivali da pesca molto più comodi dei suoi stivaletti medici.

Tutto durò solamente pochi secondi, poi Gremy fece qualche passo indietro e tornò nel vicoletto da dove era sbucato. Fece qualche metro ancora all'interno del vicolo, e si cambiò con calma inserendo la sua coperta guaritrice all'interno della divisa.

Ora sembrava un maldestro pescivendolo, grosso ubriaco e zoppicante, e quindi poté facilmente nascondersi tra la folla ed attraversare il mercato indisturbato proseguendo il suo cammino verso la base alfa. Al momento preferì non usare nessun mezzo di comunicazione per non essere intercettato ed evitare l'arresto, la cosa migliore da fare era nascondersi e cercare prove sulla sua reale situazione. Comunque, Gremy aveva al momento un grosso problema, perché mentre passeggiava zoppicando nel mercato si rese conto che era effettivamente troppo debole e malato al momento per continuare la sua missione e raggiungere la base Alfa. Sarebbe stato meglio trovare un posto sicuro dove recuperare le forze in attesa di raggiungere la base Alfa.

«mi scusi signore» – chiese Gremy ad un promotore di sistemi elettronici di pesca che era seduto sulla sua bancarella – «qual è la strada più corta per arrivare alla periferia est di Skater Tempuri? Ho mia zia che vive nel quartiere 12», «oh rispose il promotore, devi andarci a piedi? è un po' lunga la strada da qui. Comunque, dovresti continuare fino alla fine del mercato dopo quelle bancarelle laggiù, poi prendere a destra la complanare per il centro e subito dopo la seconda uscita per il quartiere 12. Saranno più o meno cinque - sei chilometri. Forse è meglio se chiami un eliotaxi e ti fai accompagnare». «grazie» disse Gremy, ricordando la sua ultima gita in eliotaxi quando andava a trovare la sua amica Stricna. All'epoca era un vivace studente all'accademia, circa un decennio addietro.

«Senti, non è che conosci qualcuno disposto a prendere questi stivali medici? sono abbastanza nuovi e perfettamente funzionanti, hanno un sensore di prossimità in basso» – disse Gremy, nella speranza di recuperare qualche soldo con cui potersi spostare.

«sì un attimo» – disse il venditore, agitando il suo polso sinistro ed attivando una videocamera olografica – «ehi Traplev, cosa ne pensi di questi stivali? riesci a piazzarli ad 85 crediti? sono come nuovi, prezzo di listino è di solito sui 240 crediti circa. Io li prendo e te li faccio a 60 così ci puoi guadagnare anche tu ok?» – così il promotore si mise a contrattare mentre Gremy aspettava fiducioso una risposta positiva. Quel tipo sembrava in gamba.

Gremy non aveva con sé né i documenti né le tessere porta crediti necessarie per completare gli acquisti, e da un lato sarebbe stato meglio non utilizzarle per non essere intercettati. Quindi il promotore rispose affermativamente alla richiesta di Gremy, e poi disse «posso darti 40 crediti per questi. Ovviamente preferisco pagamenti non tracciabili.» Gremy rispose «Grazie davvero! Ma purtroppo io non ho al momento delle tessere porta crediti» – «d'accordo» disse il venditore «quindi ti do io questa tessera porta crediti anonima con all' interno 30 crediti, perché 10 sono per la consegna della tessera, e tu mi dai gli stivali va bene?» – Ovviamente era chiaro che il promotore era molto bravo a fare il suo lavoro ed era così attaccato ai crediti che probabilmente avrebbe persino barattato sua madre, ma Gremy non poteva permettersi di rifiutare. «Si va bene, grazie» rispose Gremy. Rifiutare quel denaro avrebbe voluto dire più stanchezza, più rischio di essere arrestati, più problematiche da risolvere. Poteva andare forse al quartiere 12 anche a piedi, ma sarebbe stato molto rischioso e stancante, quello che gli serviva ora era un luogo sicuro in cui riprendere le forze. Gremy aveva già deciso di andare a trovare Amina la sorella di Stricna, che abitava proprio nel quartiere 12 a ridosso del grande generatore idrico della città. Con la sorella di Stricna aveva stretto una amicizia particolare, ed aveva aiutato la sorella a superare la morte di Stricna quando si ammalò gravemente dieci anni prima e poi purtroppo scomparve prematuramente. Così appena fuori dalla strada principale del mercato, prese un Eliotaxi al costo di circa 20 crediti ed in pochi minuti fu accompagnato al quartiere 12 di Skater Tempori.

CAPITOLO SECONDO – Vecchie Amicizie

Amina, la sorella di Stricna, era la classica donna Mattisteriana, e come tutte le donne del pianeta possedeva innatamente l'impulso innato alla replicazione e alla clonazione cellulare. Tutti i suoi arti e le sue cellule, se danneggiati o amputati potevano essere auto replicati e auto clonati in brevissimo tempo, e questa qualità che la natura aveva riversato nelle donne Mattisteriane purtroppo era presente in misura molto minore negli uomini anzi era praticamente assente. Gli uomini Mattisteriani invece godevano di altre caratteristiche, come una marcata capacità di mutazione dei tessuti, e questa abilità era molto comune a tutta la razza, differenziata qua e là da casuali eccezioni.

Così Amina, non coniugata e single abitava in una cupola abitativa media del quartiere 12, un quartiere residenziale non troppo ricco nei pressi del grande generatore idrico della città.

Il suo stile di vita doveva essere quello di una media Mattisteriana borghese. Gremy arrivò alla sua cupola, e si fece annunciare tramite l'olovisore. Amina dapprima rimase un tantino incredula, poi accolse Gremy a braccia aperte (letteralmente) uscendo dalla porta principale della sua abitazione «Gremy! quanto tempo è passato dall' ultima volta! Ma cosa ti è successo? Fai il pescivendolo adesso?» – chiese ironicamente noncurante del fatto che Gremy zoppicava – «Si mi sono dato alla pesca della balena azzurra, è molto più remunerativo» rispose Gremy scherzando e sorridendo, e Amina capì l'ironia della cosa. «Carissima Amina! Che bello rivederti! È una lunghissima storia! Ti vorrei raccontare, ma è molto lunga e al momento ho davvero bisogno di aiuto.» «che ti è successo?» chiese amina preoccupata – «Ho bisogno che tu mi ospitassi per un breve periodo. Perfavore, entriamo dentro e ti spiego tutto con calma. Ho difficoltà a stare in piedi e camminare» chiese Gremy, così Amina lo fece entrare e lo accompagnò dentro la sua cupola abitativa.

Amina aveva sempre avuto per Gremy quella benevolenza da sorella minore, quell' amore fraterno che da anni nutriva per lui e che si era rafforzato anche dopo la perdita della sorella maggiore Stricna. Gremy all' epoca degli studi giovanili aveva avuto una breve storia d'amore con Stricna, e sua sorella Amina era sempre stata la sua confidente personale, con la quale aveva instaurato questo rapporto quasi fraterno. Quindi sapeva che quello era il suo porto sicuro al momento.

Così gli accennò dell'incidente che gli era accaduto, e del fatto che aveva perso la memoria e che aveva bisogno di qualche giorno per iniziare a raccapezzarsi, e che era fuggito dall' ospedale per evitare un ingiusto arresto. Sapeva di non aver fatto nulla di sbagliato o criminale per cui l'arresto era il segno che qualcuno lo voleva incastrare, e lui doveva invece scoprire la verità e che cosa fosse accaduto. Amina lo ascoltò con calma e poi decise di aiutarlo anche se correva qualche rischio.

Così Amina gli fornì un piccolo letto dove poter riposare, ed un mini generatore energetico per la sua coperta autorigenerante in modo che Gremy potesse continuare da solo in casa le sue cure.

Poi Amina mostrò a Gremy la sua piccola casa, che mentre girovagava e si ambientava a quella piccola dimora, si accorse anche con stupore che Amina era diventata una appassionata di storia antica, cosa che non aveva mai saputo né sospettato. Amina ora possedeva nella sua piccola libreria alcuni volumi inerenti alla storia di Skater Tempuri e delle varie civiltà Mattisteriane.

Questa cosa lo colpì molto, dato che Amina in passato studiava scienze tecnologiche ed improvvisamente aveva cambiato totalmente passione e materia di interesse. «Amina ma come mai ti sei data alla storia dopo la tua passione iniziale per la tecnologia?» chiese Gremy incuriosito «Vedi Gremy, dopo la morte di Stricna ho dovuto superare un brutto periodo, ed ho trovato alcuni amici nella città vecchia che mi hanno aiutato a scoprire delle cose nuove ed interessanti, partendo dalla storia antica. Quindi ora la mia nuova passione è divenuta l'antica tecnologia dei vecchi saggi Mattisteriani.» Sembrava molto interessante per Gremy. Tuttavia, Amina rimase poi molto vaga e non volle assolutamente dire chi fossero questi suoi nuovi «amici». Era la prima volta che c'erano dei segreti da parte di Amina nei confronti di

Gremy. Gremy spesso non le raccontava tutte le sue faccende militari nei dettagli perché coperte da segreto d'ufficio, e lei era quasi abituata a questo, ma stavolta la situazione si era completamente ribaltata. Così dopo aver colloquiato con Amina, Gremy si distese un poco sul suo nuovo letto a riposare ed iniziò da solo a sfogliare il manuale delle razze Mattisteriane che aveva trovato poggiato sullo scaffale. Amina lo vide e sorrise compiaciuta, «Ma dai, non sei mai stato un patito della storia antica, ed ora tutto ad un tratto interessa anche a te??!!» ironizzando sullo strano desiderio di Gremy nella lettura del libro. «C'è sempre un nuovo inizio» disse laconicamente Gremy continuando a sfogliare il manuale. Nel manuale venivano descritte varie razze o tipologie Mattisteriane, a partire dalla più comune alla più rara ed antica. Gremy non voleva rimanere a leggere da solo, ma voleva coinvolgere anche Amina, così iniziò a leggere ad alta voce, mentre Amina lo correggeva sulla pronuncia e su altre cose. Amina sembrava conoscere molto bene tutte le descrizioni fatte in quel libro.

«Le classificazioni Morfologiche e caratteriali delle razze Mattisteriane, dalle origini conosciute del pianeta al mondo moderno» – questo era il titolo del capitolo, che poi continuava con una tabella ed una lista:

Mattisteriano di classe 7 – individuo comune, dotato di abilità comuni e in genere poco resistente. corredo genetico scarso, raramente può aumentare livello se non in casi eccezionali

Mattisteriano di classe 6 – individuo abbastanza comune, dotato se uomo di capacità mimetiche e se donna di capacità rigenerative. Può aumentare livello, solitamente di una o due classi.

Mattisteriano di classe 5 – individuo simile al Classe 6, ma dotato anche di una intelligenza acuta e di uno spirito molto forte e combattivo. Può essere sottoposto a terapie genetiche e/o addestramento connettivo per aumentare le sue abilità fino ai livelli superiori. Questo era il livello in cui Gremy credeva di trovarsi attualmente.

Mattisteriano di classe 4 – individuo sottoposto a terapie genetiche militari, per migliorare le abilità di velocità, forza e rigenerazione cellulare. Molti individui possono utilizzare e rigenerare a piacimento anche alcune sostanze inorganiche come metalli, rendendo questo tipo di individuo idoneo al suo utilizzo in guerra.

Mattisteriano di classe 3 – Individuo raro, con indubbie capacità psichiche-biofisiche. Anche se con corredo genetico scarso, dotato di poca forza e capacità fisiche rigenerative, può effettuare telecinesi e telepatia a livelli abbastanza alti. Con opportuno addestramento e/o sussidio può aumentare la sua sfera di influenza in maniera molto ampia.

Mattisteriano di classe 2- individuo raro, presente soprattutto nel mondo antico, con capacità sconosciute, spesso conosciuto come facente parte della civiltà dei Saggi.

Mattisteriano di classe 1 – individuo molto raro, leggenda del mondo Antico, facente parte della civiltà dei Colonizzatori. Alcuni antichi testi narrano della capacità di questo individuo di plasmare lo spaziotempo, in particolare modo il futuro, ma se agisse in gruppo con altri individui della stessa classe potrebbe in teoria anche plasmare il passato. Gli individui di questa civiltà conosciuti come i Colonizzatori sono coloro che hanno sviluppato il meccanismo di difesa di Skater Tempuri ed hanno ideato i relativi generatori energetici.

Gremy smise per un attimo di leggere e guardò stupito Amina. Era davvero stupefatto di quanto stava apprendendo, queste informazioni non gli erano state mai fornite nemmeno all' Accademia di addestramento speciale come incursore tecnico militare. Amina invece lo guardava compiaciuta, e sembrava conoscere già molto bene il contenuto di quel libro che probabilmente aveva già studiato. Il capitolo continuava oltre con ulteriori dettagli e descrizioni, e poi trattava anche alcuni accenni storici: «La leggenda vuole che i Classe 1 portassero al braccio un generatore energetico di qualche tipo per poter amplificare e gestire le loro capacità».

«Caspita!» pensò Gremy. «Chissà quale sarebbe il percorso da fare per poter arrivare magari ad un livello di classe 2 o 1» e così divenne davvero molto curioso, quasi bramoso sull' argomento. Questa brama di conoscere aveva preso il sopravvento persino sulla brama di conoscere la verità sulla sua situazione attuale. C'era qualcosa in questa storia che stranamente lo affascinava e lo incantava. Come se da qualche parte ci fosse una piccola cosa già saputa, già ascoltata, già recepita che faceva già parte di lui. Quindi per un momento decise di approfondire il discorso ancora di più: «Amina, ma quali sono gli antichi testi che parlano dei Mattisteriani di classe 1?» – «oh, sono molto felice che me lo chiedi, ma purtroppo molti sono andati perduti nel corso del tempo» rispose Amina «alcuni si trovano nella città vecchia, altri le leggende narrano che siano stati posizionati in luoghi sacri e segreti. Alcuni studiosi riportano più volte il fatto che qui nel sistema di Poconandia ci possa essere uno di essi» – «ma dai» rispose Gremy, con la strana sensazione come di sapere già prima quello che stava scoprendo da Amina «Sì Gremy, ti vorrei confidare alcune cose. Addirittura, da parte di alcuni studiosi, sembra che il governo stia cercando di aiutare molti Classe 4 o alcuni classe 3 a recuperare queste informazioni per poter magari un giorno aspirare a diventare un Classe 1» continuò a spiegare Amina «Sembra che questa tecnologia sia voluta sia dall' imperatore che dai militari per estendere la loro egemonia su questa parte dell'universo. Ma tutti i testi completi sembrano siano stati appositamente nascosti, alcuni lasciati in varie galassie in questo universo, appunto perché gli Antichi volevano tutelare questa tecnologia e volevano preservarla cercando di nasconderla dai malintenzionati» – continuò Amina «ho anche studiato in un altro libro di storia che in passato c'è stata una sorta di guerra tra i classe 1 ed un'altra razza di invasori, governati da elettronica e cibernetica che voleva a tutti i costi possedere gli stessi poteri» – Gremy era meravigliato e allo stesso tempo felice dell' entusiasmo che Amina aveva sull' argomento, cosa anche per Gremy alquanto inaspettata.- «E poi Amina cosa successe? Chi vinse questa battaglia?» «Beh, sembra che la lotta sia stata molto forte alla fine, e i Mattisteriani rischiarono seriamente di perdere la guerra. La leggenda narra comunque che un gruppo di loro riuscì comunque a nascondere i testi e le altre tecnologie e a distruggere gli invasori». «ora caro Gremy, mi spiace ma tra un po' io devo andare al lavoro perché ho il turno alla fabbrica, ma continuerei volentieri questo discorso al mio

35

ritorno» Disse Amina in procinto di congedarsi «comunque informati anche su alcuni generatori al cristallo che sembra venissero utilizzati dagli antichi per amplificare i loro poteri, puoi trovare il resto delle informazioni negli altri testi qui sull' altro ripiano della libreria», «Davvero? Tutte queste novità potrebbero aiutarmi a ricordare e a capire cosa potrebbe essere successo durante la mia ultima missione ed il mio incidente su Ganimede». «Grazie ancora Amina, sei una vera amica». E Gremy alzandosi dal letto e richiudendo il libro abbracciò sentitamente Amina come una sorella. Amina sorrise compiaciuta e poi se ne andò lasciando la tessera di riconoscimento per accedere alla sua casa sul tavolo.

Gremy ne approfittò di quel posto tranquillo per continuare a leggere altri stralci e altre notizie da altri libri mentre steso sul letto con il generatore collegato alla coperta rigenerante il suo corpo andava ricostruendosi. Uno dei tanti libri colpì la sua curiosità, uno intitolato «Trattato storico sui documenti imperiali e sulle guerre con le razze di invasione», e negli ultimi capitoli descriveva a sommi capi tramite una ricostruzione da documenti storici una delle battaglie tra i Mattisteriani e gli invasori avvenuta nell' antichità, circa 35000 rivoluzioni lunari Mattisteriane, equivalenti circa a 28000 anni terrestri. Gremy leggeva con molta attenzione «Gli invasori facevano parte di una particolare civiltà chiamata "I Camminatori". Si trattava di una civiltà androide basata sulle macchine ed un elevato grado di elettronica. Erano in grado di spostarsi e conquistare molto velocemente svariati pianeti e territori sottomettendo ed inglobando tutte le altre civiltà al loro volere e potere». Gremy poi andò avanti ancora a leggere molto concentrato sulla cosa:

«E i Vecchi Saggi Mattisteriani di Classe 1 erano praticamente invincibili. Tutt'intorno riuscivano a creare come una sorta di sfera energetica indistruttibile. A volte le armi e gli spari rimbalzavano su queste sfere, a volte ci passavano attraverso senza creare nessun tipo di danno! Gli Invasori provavano in tutti i modi a provare a fermarli ma non riuscivano con le armi convenzionali.

I Camminatori utilizzavano di tutto negli scontri contro i Mattisteriani classe 1, raggi, missili, campi energetici, radiazioni nucleari, tutto poteva essere inutile se il Mattisteriano utilizzava al pieno i suoi poteri.

Così dopo numerose sconfitte, e dopo qualche anno di ripetuti tentativi, I Camminatori impararono di più sui Vecchi Saggi Mattisteriani e svilupparono una sorta di nuova arma a luci volanti, che attirava l'attenzione del nemico e generava uno strano sibilo stordente. Era una sorta di arma a campo energetico variabile. L'unica che sembrava avere un piccolo effetto stordente sui Mattisteriani. Successivamente, negli anni seguenti, in base ad alcune richieste imperiali Mattisteriani sullo sviluppo di nuove armature la situazione si andava ribaltando.

Successivamente, i soldati della forza di invasione si accorsero che se i Saggi Mattisteriani, mentre erano storditi venivano derubati della loro strana armatura installata sul loro braccio, i loro poteri diminuivano fortemente fino a sparire ed essi stessi diventavano molto ma molto più vulnerabili alle armi convenzionali. Ed in questo modo alla fine I Camminatori vinsero la guerra sterminando l'intero popolo Mattisteriano e costringendo i pochissimi Saggi Mattisteriani rimasti, a nascondere la loro tecnologia in diverse parti dell' universo per evitare la disfatta totale» – Gremy arrivato a questo punto provava uno strano senso di confusione, sembrava come conoscere alcune cose che leggeva ed altre che non aveva mai letto, e questa rinnovata consapevolezza lo infervorava ancora di più e lo spingeva a studiare ancora di più. A volte arrivava alla fine delle pagine e sembrava quasi già conoscere la fine.

Così prese altri due manuali, uno che trattava ad esempio dell'«Antica installazione di difesa di Skater Tempuri» – molto molto Interessante. spiegava di come, i Saggi Mattisteriani come meccanismo base di difesa convenzionale erano sempre «dopo», cioè cinque minuti dopo proiettati nel futuro ad esempio. Come si fa ad uccidere qualcuno che non c'è, qualcuno che verrà? Questo li poneva in una situazione chiaramente di superiorità, nei confronti di un nemico che combatteva secondo le normali regole. È inutile sparare verso qualcosa che verrà, se qualcosa non c'è lì non si può mai distruggere.

Oppure poteva accadere che i Saggi Mattisteriani in qualche occasione decidessero di deformare volontariamente lo spazio-tempo, ma questo richiedeva molto più sforzo ed energia. In questo caso nella loro sfera di influenza spazio-temporale potevano sia modificare i colpi che ricevevano sia far cambiare loro traiettoria. Ma il trucco dello spostamento nel futuro, quello sì che era il loro asso nella manica. Quella tecnologia era ancora pienamente funzionante e stabile per quanto riguardava Skater Tempuri. Tuttavia, era tecnologia perduta, in quanto funzionante ma nessuno sapeva esattamente come e perché.

«Caspita, AI che ore sono? mi sa che ho fatto tardi» chiese Gremy all' intelligenza artificiale della casa. Erano passate diverse ore e la notte era fonda. Gremy lasciò quindi da parte i manuali e si rimise a riposare, spostando nuovamente la coperta ricostituente e collegandola al suo tessuto connettivo inferiore e superiore.

Sapeva con certezza che nell' incidente gli era successo qualcosa, qualcosa che aveva a che fare con l'alieno che portava a bordo, ma che ancora non riusciva a focalizzare bene. La sua mente era ancora traumatizzata dall' accaduto e da tutti quei fatti messi insieme, aveva bisogno di qualche tempo e lavoro su sé stesso per dipanare tutta quella confusione e riuscire a ricordare il tutto nella sua interezza.

Gli incubi che aveva di notte lo aiutavano ogni tanto, perchè era come una specie di sistema di autoriparazione della sua mente, in cui durante i sogni emergevano nuovi particolari confusi che lui poi poteva mettere insieme come i pezzi di un puzzle. Quella sera comunque era molto stanco e dormì profondamente.

La mattina dopo, si risvegliò in tarda mattinata sentendo i rumori di Amina, che tornata dal lavoro si era messa a sistemare la sua piccola dimora.

«come ti senti oggi?» – chiese Amina «beh un po' meglio», rispose Gremy «Oggi devo andare verso la zona centrale per comprare un nuovo annichilatore, vorresti venire con me oppure hai ancora il problema alle gambe?» – Amina non aveva visto grazie alla divisa da pescivendolo lo stato delle gambe, aveva solo intravisto la coperta ricostituente di Gremy e ne ignorava l'utilizzo. «No grazie, purtroppo sono ancora molto stanco e le gambe mi fanno male ancora. Dovrò stare ancora qui qualche altro giorno, se per te non è un problema» – «ma figurati, disse Amina» – «l'ospite è sacro ed è come una balena, dopo cinque giorni si sfalda e puzza» e rise allegramente.

«Già» disse Gremy «non vorrei finire al posto di una coperta ricostituente!» ed insieme risero allegramente, anche se le parole «sfalda e puzza» continuavano a tormentare la mente di Gremy. «sfalda e puzza… sfalda e puzza…» – dove aveva sentito quelle parole? - «il traduttore di linguaggio era inceppato, non sembrava funzionare correttamente, l'alieno a bordo della nave stava continuando a ripetere qualcosa che il traduttore non riusciva a tradurre correttamente. Sul braccio destro Gremy continuava ad armeggiare frettolosamente, mentre l'ospite sembrava sorridere e ripetere quelle parole…ecco… la lingua corretta non era caricata correttamente perché quello era un sistema periferico con una razza minore sottostimata di cui mai nessuno aveva sentito parlare prima… il sole 459 ed un paio di pianeti abitati dalla stessa razza chiamata umana. Così mentre il terrestre ripeteva le sue parole con una sorta di risata finale (quella era simile alla risata Mattisteriana, per il tipo di oscillazione e di suono prodotto che Gremy riusciva a sentire dal suo tessuto connettivo), Gremy ad un certo punto aumentò il tasso di complessità e di casualità del traduttore, inserendo alcuni parametri che gli restituirono delle frasi con più senso logico per lui: Così fece cenno all' umanoide di ripetere la stessa cosa ed il traduttore converti la frase: «Ahahahah, cazzo mi stai trattando come un pesce! Chiuso in un acquario! Ma lo sai che l'ospite è come il pesce? dopo tre giorni puzza dicono dalle mie parti… poi cosa farai di me? mi butterai via? Ahahahah, bell' amico che sei!» – Ecco cosa stava dicendo l'alieno. L'alieno proveniva dal terzo pianeta del sistema solare 459, nella galassia della cosiddetta «via Lattea» come veniva chiamata dagli abitanti del posto. I Mattisteriani la chiamavano semplicemente zona neutrale 459 per differenziarla dagli altri 459 settori neutrali che conoscevano bene.

Wooow…. Ecco un altro frammento del puzzle, un altro ricordo frammentato. C'era questo alieno umanoide che era stato preso o rapito per qualcosa, e poi era successo qualcos'altro che aveva semidistrutto la nave e poi l'atterraggio di fortuna su Ganimede…beh ancora non eravamo vicini alla verità.

«Gremy, ma ti senti bene?» chiese preoccupata Amina, vedendo che Gremy si era fatto improvvisamente serio ed assente, assorto nei suoi pensieri – «Oh sì, scusami ogni tanto la testa mi gira e fa degli strani scherzi». «Beviamoci su qualcosa dai», e così insieme bevvero una Glaciascona ghiacciata, una tipica bevanda Mattisteriana.

Era composta da sangue di balena fermentato, mescolato con iridio, acqua e magnesio che forniva una sorta di choc cellulare se assunto in grosse quantità. In piccole quantità dava una certa ebrezza perché il sangue di balena anche se fermentato tendeva a ricostruire i tessuti danneggiati, mentre l'iridio era molto tossico per i Mattisteriani e li danneggiava a livello cellulare.

Quindi era una bevanda molto spassosa e molto in voga in tutti i locali presenti su Mattistero.

Così Gremy e Amina bevvero e si fecero un po' di grasse risate insieme. Dopo qualche ora, Amina uscì nuovamente per recarsi in centro a comprare il suo annichilatore, e così Gremy ne approfittò per verificare il suo stato di salute generale e lo stato di avanzamento delle ricerche condotte dai soldati nei suoi confronti. Attivò il monitor integrato nella parete della casa, e cercò i notiziari pubblicati nelle ultime ore, e fortunatamente non si parlava di lui. Solo una notizia del giorno prima, diceva che l'ospedale di quartiere nella zona adiacente al Mercato, era stato chiuso per qualche ora per un problema tecnico e che alcuni specialisti stavano facendo alcune verifiche sulle serrature e le porte di emergenza. Le notizie venivano pubblicate in perfetto stile militare, gli piaceva tanto cambiare le informazioni e diffondere menzogne, faceva tutto parte dei piani e del modo di approcciare dei militari. La propaganda era la loro prima arma, silenziosa ed indolore ma molto più efficace di una comune arma convenzionale.

Queste erano parziali buone notizie. Le cattive notizie erano che

Gremy non riusciva ancora a camminare speditamente, e le mutazioni del suo tessuto connettivo nella parte inferiore del corpo non funzionavano per niente, nemmeno con tutto lo sforzo possibile e immaginabile. E questo voleva dire soltanto che doveva continuare a rimanere lì per ancora in po' di giorni in attesa di guarigione.

Arrivò il tardo pomeriggio e dopo quasi due giorni di profondo riposo, ad un certo punto Gremy decise di uscire per fare una brevissima passeggiata. Prima di farlo prese la tessera di identificazione che Amina aveva lasciato sul tavolo, e passando vicino al soggiorno mise a posto i manuali che aveva preso dalla libreria e diede un tocco al cristallo arancione incastonato in un soprammobile che era appoggiato all' ingresso della cupola abitativa, proprio in bella vista davanti ai libri.

Fu un attimo, e Gremy si senti stordito, come se una scossa lo avesse attraversato, e come se avesse già rivissuto quel momento altre volte. Proprio non sapeva come spiegarselo. Smise subito di toccare quello strano cristallo arancione incastonato dentro quella piccola struttura metallica. Ancora leggermente stordito dalla scossa, non riusciva a trovare la tessera di identificazione che aveva nell' altra mano, ma poi si rese conto che era dentro la sua tasca insieme alla tessera anonima dei crediti che aveva acquistato al mercato.

Uscì fuori di casa ancora leggermente zoppicante, deciso ad allungare la passeggiata ed andare verso il più vicino casinò Mattisteriano per tentare di fare un po' di soldi in più. Doveva poter tirare avanti nei giorni a venire, dato che ufficialmente non poteva fare ritorno alla sua base e riscuotere il suo stipendio.

Così mentre passeggiava verso il casinò del quartiere 12, che era a due "isolati" di cupole di distanza, controllò sul suo visore quanti crediti aveva nella tessera per fare due conti e con suo stupore la tessera segnava «25.000 crediti». Incredibile! Come faceva ad avere tutti quei soldi? come ci erano andati a finire dentro? Aveva acquistato la tessera per 10 crediti con dentro altri 20 per aver venduto gli stivali. Che cosa stava succedendo?

Fece comunque finta di niente, cercando di nascondere il fatto come

41

se fosse stato un crimine, rimise a posto la tessera nella sua tasca e decise quindi di non andare più al casinò ma di comprare una divisa un po' più consona al suo status anziché quella di un comune pescivendolo.

Entrò in un negozio che era lì vicino e che trattava materiale sportivo, e comprò una divisa tecnico sportiva, di colore azzurrino, con stivali magnetici per lavori su piattaforme spaziali e moltissime tasche dove riporre gli oggetti in caso di assenza di gravità. Era decisamente molto meglio della divisa da pescivendolo. Inoltre, la nuova divisa aveva anche dei piccoli supporti nella zona inferiore delle gambe, che servivano per montare ed equipaggiare eventualmente un esoscheletro per aumentare forza e velocità dell'utilizzatore, qualcosa che poteva diventare utile.

Con un esoscheletro, tuttavia, avrebbe dato troppo nell' occhio, quindi decise di acquistare solo la divisa sportiva con gli stivali magnetici per un totale di 850 crediti. Non era male come affare. Già si sentiva più nei suoi «panni». La commessa del negozio lo ringraziò per il fantastico acquisto, poiché la media per una divisa era di circa 50-100 crediti, e lui aveva speso otto volte di più.

Così uscito dal negozio, regalò ad un passante la divisa da pescivendolo ed i suoi stivali da pesca (che nel suo caso erano perfettamente inutili) il quale fu molto contento e stupito del gesto. «Cosa è uno scherzo?» disse il passante e Gremy lo rassicurò del contrario. Non era solito che un Mattisteriano regalasse qualcosa ad un altro senza volere nulla in cambio. Così dopo aver tranquillizzato e reso felice il passante, Gremy si diresse di gran carriera verso il casinò del quartiere 12, che distava solo pochi minuti a piedi.

Tuttavia, durante la strada, incrociò alcune pattuglie di eliodroni ed il suo entusiasmo per la passeggiata e per il gioco cessò improvvisamente, le pattuglie gli ricordarono il fatto che era in stato di arresto e poteva venire accusato di diserzione essendo fuggito dall' ospedale. Le pene erano molto severe per i disertori su Mattistero, essendo il pianeta imperiale principale dove la legge veniva applicata in maniera più diretta.

Così si fermò, proprio a pochi metri dal casinò, mettendosi vicino ad un negozio di generi alimentari pieno di gente per sfuggire al controllo degli eliodroni. Frugò nelle sue tasche e stranamente estrasse un tesserino per il gioco del Trouche Binoche, un gioco molto in voga su Mattistero sulle cui scommesse si poteva guadagnare molto bene.

Il Tesserino aveva la data dello stesso giorno, e riportava il nome di una partita giocata da Klinton F. e l'ufficiale Garaway Anatom, che era il nome in codice usato da Gremy durante le operazioni effettuate sotto copertura. Il Tesserino riportava una scommessa con Garaway Vincente, per circa cinquanta volte ad uno.

Caspita, tutto era davvero molto strano. Una scommessa non si sa se già vinta, che improvvisamente era nella sua tasca, in un casinò in cui doveva ancora andare con scritto sopra il suo nome in codice... stava per impazzire! E poi c'erano anche gli eliodroni minacciosi nell' aria...

Ad ogni modo, dato che stava perdendo il controllo della situazione, decise di tornare indietro a casa di Amina, e nel frattempo ripassare mentalmente alcune regole del Trouche Binoche.

Il Trouche Binoche, era un gioco di strategia molto particolare, veniva giocato su una sorta di pannello esagonale composto da moltissimi altri esagoni più piccoli, una specie di struttura alveolare.

Su questo pannello, si disponevano i propri pezzi e l'avversario disponeva i suoi. A turno si muovevano i pezzi secondo determinate regole, e si conquistavano pezzi e posizioni avversarie sino a conquistare ed eliminare l'imperatore avversario.

Era un gioco basato sulla strategia e sull' effetto sorpresa. Le combinazioni ed i modelli di gioco, dato il numero di esagoni presenti, erano pari a circa sei alla quarantesima potenza, quindi un numero molto molto alto di combinazioni che rendeva il gioco molto affascinante ed ogni volta variabile.

il Trouche Binoche!! Questo era il gioco che stava facendo... Gremy a volte aveva l'impressione di stare giocando il Trouche Binoche contro sé stesso, muovendo da solo i pezzi uno contro l'altro alla ricerca della verità... doveva venire a capo di questa situazione prima di rischiare di impazzire. Quindi si disse «regola numero uno: trova un posto sicuro».

Tornò a casa da Amina, e decise quindi di iniziare a pulire e a sistemare i vari oggetti che aveva intorno. Niente è più propedeutico del controllo ambientale, questa era una delle seconde regole che insegnavano all' accademia degli incursori. «regola numero due: controlla il tuo ambiente per conoscere te stesso ed il tuo nemico» si disse anche questo, ed iniziò a sistemare e pulire casa di Amina.

Così si distrasse molto, e continuò a muoversi anche se le gambe erano ancora leggermente doloranti. Tuttavia, il colore delle sue gambe era molto meno trasparente dei giorni scorsi, segno che i tessuti stavano iniziando a riprendersi, come quando era piccolo e sua madre lo aiutava toccandogli le ginocchia e favorendo la rigenerazione. Che bei tempi!

Dopo circa tre ore di pulizie, Amina tornò a casa e rimase molto stupita nel vederlo così attivo. «Gremy, non ti avevo mai visto così, non ricordavo che tu fossi così intraprendente nello svolgere le pulizie ed i lavori domestici» si complimentò con lui, mentre intanto Gremy aveva deciso di smontare la coperta rigenerante e di unirla insieme al piccolo generatore fornito da Amina, per poterlo sistemare in qualche modo nella sua nuova divisa.

L'idea era questa, non poteva stare a casa con tutto quello che stava succedendo aspettando la sua guarigione, quindi perché non costruire un sistema portatile di rigenerazione?

E così fece, inserendo le varie parti della coperta nelle tasche presenti sulle gambe, collegandole insieme a parti del generatore ed al sistema di connessione dei tessuti.

Dopo circa sei ore di lavoro, la nuova divisa sportiva era pronta! Era diventata una divisa medico – sportiva! Anche se molto grossa ed ingombrante nella parte inferiore, permetteva comunque un buon movimento e soprattutto rigenerava i tessuti anche in movimento, permettendo così a Gremy di fare le sue ricerche mentre il suo corpo veniva curato.

«Gremy, ma sei sicuro di quello che stai facendo? mi sembri un tantino sconvolto per comportarti così, non ti avevo mai visto lavorare e pulire in questo modo» lo redarguì Amina, dispiaciuta anche del fatto che

Gremy solo dopo due giorni passato a casa sua stava andando via. «Amina, grazie di tutto di vero cuore, ma ci sono dei problemi molto grandi di cui non posso parlarti, ed alcune cose sono addirittura nascoste alla mia vista per cui potrebbero esserci pericoli di cui non sono a conoscenza che potrebbero coinvolgere anche te» continuò a spiegare Gremy «non vorrei con la mia permanenza mettere in pericolo te e la tua attività qui, la cosa fondamentale per me adesso è capire cosa è successo nel mio incidente su Ganimede qualche giorno fa e perché stanno cercando di incastrarmi e questo è l'unico modo» e così abbracciò Amina e si salutarono un po' dispiaciuti.

Gremy promise di andare a trovarla qualche altra volta specialmente dopo che questa faccenda avesse preso una piega diversa e soprattutto dopo che lui avrebbe risolto il probabile complotto alle sue spalle.

Quindi dopo una rapida cena in un locale proprio a fianco la casa di Amina, locale adiacente ma confinante al settore 11 di Skater Tempuri, Gremy decise di continuare con il suo piano originale, cioè il recupero dei dati dalla sua navicella schiantatasi su Ganimede, e per farlo doveva fare alcune cose molto rischiose: intrufolarsi nella base militare Alfa, dove di solito venivano riportati i resti degli incidenti, raccogliere «illegalmente» alcuni dati e prove dalla sua navicella, ed uscire senza essere individuato dalla base militare proprio per evitare di essere arrestato.

Insomma, qualcosa di molto molto semplice, soprattutto nelle sue condizioni! Mamma mia! altro che semplice, questo era un obiettivo molto arduo, rischioso, coraggioso ed oltraggioso, che necessitava anche di un piano preparatorio ben congegnato.

Così mentre prese il primo eliotaxi per la zona nord della città vecchia, Gremy non disse nulla all' autista del taxi, che tanto non sembrava per nulla interessato a comunicare. I suoi occhi bassi erano socchiusi, segno di disinteresse a comunicare da parte dell'autista e questo facilitava in un certo senso il piano di Gremy che non avrebbe voluto essere disturbato. Seduto sulla parte posteriore dell'eliotaxi, Gremy accese il suo minicomputer per prendere appunti ed ideare un piccolo piano per entrare nella base. Come poteva fare? La previsione e l'analisi degli obiettivi e degli scenari erano un altro dei suoi punti forti che gli avevano insegnato molto bene all' Accademia.

Quindi nei pochi minuti di viaggio durante il volo verso la città vecchia, Gremy stese alcuni appunti ed alcuni scenari di approccio e congegnò un piano preparatorio per entrare nella base militare Alfa. Quello che gli serviva era una copertura innanzitutto, per poter superare i controlli iniziali senza destare sospetti, copertura che poteva facilmente acquisire corrompendo alcune guardie all' ingresso della base militare.

i 24000 crediti che gli rimanevano, facevano molto comodo nel suo caso ed erano sufficienti a poter comprare chiunque.

L'eliotaxi atterrò quindi vicino alla base Alfa, a soli tre isolati di distanza, sulla parte Nord della città, oltre la parte superiore della cupola principale di Skater Tempori.

Gremy saluto l'autista che era molto contrariato ed immerso nei suoi problemi, e si diresse con passo spedito anche se zoppicante verso gli alloggi militari nelle vicinanze della base alfa per fare un piccolo giro di ricognizione.

Qui sulla strada incontrò un giovane ufficiale medico che girovagava nei dintorni e stava ritornando alla sua abitazione dopo il turno di lavoro. «ciao Trekken, ho letto il tuo curriculum» improvvisò Gremy leggendo il nome del soldato dal tesserino, che Trekken sbadatamente aveva dimenticato di togliere - «Io sono l'ufficiale Garaway Anatom, supervisore della sezione risorse interne. Stavo facendo un giro di perlustrazione dopo il mio allenamento quotidiano. ti va di guadagnare qualcosa e magari anche una promozione in futuro? Non sei qui da molti anni vero?» disse Gremy tirando ad indovinare, stringendo la mano a Trekken in segno di ufficialità. La stretta di Trekken era molto forte, segno che Gremy aveva azzeccato il giusto comportamento e la giusta scusa, anche in base agli atteggiamenti tenuti da Trekken e dal suo modo di rispondere. «oh, grazie sig. Garaway, io sono qui da poco da meno di un anno e purtroppo sono quasi sempre in infermeria e non vengo mai negli alloggi superiori

degli ufficiali dove si gestisce il personale» disse Trekken un po'
ansioso «Sono davvero molto contento che dopo neanche un anno un
superiore abbia preso in considerazione il mio curriculum. Io ho
studiato tanto sa? mi sono specializzato in termocoltivazione delle
stalattiti fibrose nella fascia dei pianeti esterni, ero uno dei pochi
specializzati ad aver completato questo corso con il massimo dei voti!
mi dica, cosa posso fare per lei quindi?» – «Ecco Trekken, si tratta di
un favore non formale, per la quale posso ricompensarla
adeguatamente e ne posso tenere traccia confermando il suo
curriculum per avanzamenti imminenti e futuri» ripeté Gremy mentre
elaborava in tempo reale il suo piano per entrare nella base Alfa –
«come ben sa, noi del personale non abbiamo accesso alle aree
riservate relative agli incidenti, aree in cui occorre detenere un
permesso burocratico di 3° livello per accedere, mentre il personale
sanitario invece può accedere in qualsiasi momento per le rilevazioni
medico - legali», continuò Gremy mentre Trekken annuiva ed
ascoltava trepidante pensando alla sua promozione «come ben sa la
burocrazia presso il nostro distretto principale è molto complessa ed
articolata. Ora, sono a conoscenza tramite un rapporto arrivato nel
mio ufficio, che il curriculum di un alto ufficiale è rimasto registrato
nell' ultima nave che avete riportato da Ganimede, e sono in corso
attualmente delle ricerche di personale che coinvolgono il profilo di
questo alto ufficiale, per cui è assolutamente necessario che io
recuperi tale cv immediatamente» – Trekken osservava attento la
richiesta e annuiva costantemente con la testa, ed era così ansioso e
trepidante al solo pensiero di poter ottenere una promozione in quel
mondo così nuovo e strano che probabilmente non aveva capito nulla
di quello che Gremy stava dicendo. «Va bene sig. Garaway, capisco
benissimo, ma io come potrei aiutarla?» – «Trekken, io posso offrirle
1400 crediti affinché lei mi presti il suo tesserino con l'autorizzazione
per entrare nella sezione reperti ed incidenti, tesserino che le
restituirò entro poche ore consegnandolo alla segreteria della base,
dopo che avrò portato a termine il mio sopralluogo. Inoltre, terrò da
conto la sua partecipazione in questo, e le inserirò un punteggio molto

47

alto per la sua nuova promozione che potrà avvenire in tempi molto brevi» continuò Gremy, pur sapendo che, come incursore tecnico, avrebbe potuto far ben poco per quel giovane sventurato. Questa era la parte del suo lavoro che detestava. Trekken accettò immediatamente e fornì subito il tesserino e la sua scheda crediti dove vennero caricati i 1400 crediti come accordi. Quindi il sig. Garaway salutò cordialmente come di solito fanno gli ufficiali e si commiatò, dirigendosi verso l'entrata principale della base Alfa.

Gremy guardò l'ingresso della base Alfa, e oddio, già da lontano, i pericoli non mancavano. Otto soldati Classe 4 pattugliavano i due cancelli esterni, quattro per perimetro, e erano anche ben evidenti i teleobiettivi ad intelligenza artificiale che pattugliavano l'ingresso. E per non farsi mancare nulla, vi erano un paio di torrette sempre controllate da AI armate di cannoni e missili per evitare eventuali attacchi con mezzi pesanti. Insomma la base Alfa non era il posto adatto per sfoggiare i propri muscoli e le proprie armi con un attacco diretto.

Gremy quindi si concentrò, entrò in una stradina secondaria vicino all' ingresso della base Alfa e fece una copia quasi identica della morfologia di Trekken, che aveva digitalizzato utilizzando il termoscanner collegato al suo mini computer portatile, approfittando dell' inesperienza di Trekken che mentre ascoltava e annuiva non si era accorto dell' attivazione del termoscanner fatta in maniera fortuita.

Le gambe di Gremy non assunsero la conformazione di Trekken, ma non era importante in quanto erano coperte dalla divisa e dalla coperta rigenerante al suo interno. Ora l'importante era entrare in qualche modo nella base. Uscì dal vicolo e diede un'altra rapida occhiata alle Guardie e alla loro disposizione, i quattro soldati esterni ed i quattro soldati interni erano molto fermi nelle loro posizioni, quasi annoiati in quanto non accadeva mai nulla di veramente interessante per loro. Il soldato invece al posto di guardia, svogliatamente prendeva le tessere d'entrata ed uscita e le passava davanti al lettore, leggendo la conferma e ripetendo sempre in

48

maniera inespressiva «ok, lei può andare». «prego signore, mi fornisca il documento» «ok, lei può andare». «prego signore, mi fornisca il documento» ... quindi Gremy si diresse con passo deciso verso la sentinella al secondo varco, praticamente ignorando completamente i soldati di guardia presenti al primo cancello come se facessero parte del paesaggio.

Stava recitando anche lui la parte di un impiegato annoiato e stufo del solito trantran. Così si avvicinò al varco, con la morfologia di Trekken e stando attento a non dire nulla (perché i Mattisteriani potevano imitare l'aspetto ma non la voce) e sentì il solito «Prego signore, mi fornisca il documento» ... Gremy diede la tessera di riconoscimento di Trekken nell' apposito lettore in basso nella guardiola. Il soldato attese qualche secondo l'esito del computer controllo accessi, e poi sbottò improvvisamente con un pacato «Mi scusi signore, c'è un piccolo problema. Il sistema ha registrato la sua uscita pochi minuti fa, come mai ora rientra nuovamente?» – Gremy si sentì gelare il sangue. Non poteva rispondere perché non poteva imitare la voce di Trekken, se fosse stato scoperto le 8 guardie lo avrebbero immediatamente arrestato e processato subito dopo!

Doveva inventarsi qualcosa, in quei brevi istanti che stavano passando.... Gli balenò in mente il fatto che quel soldato probabilmente stufo dalle centinaia e centinaia di entrate e uscite giornaliere, probabilmente non conosceva tutti e non ricordava perfettamente tutte le voci udite, anche perché molto spesso il personale nemmeno lo salutava. Lì tutti quanti appena terminato il turno di lavoro non vedevano l'ora di fuggire da quel posto considerato infernale.

Così Gremy improvvisò, e simulò di avere un piccolo fastidio alla gola toccandosela con la mano sinistra. - «Ecco vede...C'è stato un piccolo imprevisto» – disse con voce rauca «Nella sezione medico scientifica reparto autorizzazioni» inventandosi di sana pianta un posto dove andare. La guardia rimase ammutolita ed impietrita. Sembrava un grosso computer al quale avessero staccato l'alimentatore. Nessuna risposta, sguardo fermo e vitreo. Gremy era ancora più preoccupato dalla reazione della guardia ed aggiunse: «Ho dimenticato in laboratorio di bloccare una procedura attiva che potrebbe essere molto pericolosa senza la relativa autorizzazione» giusto per essere un po' più convincente.

Poi Gremy si diede un contegno, per evitare di dissimulare la sua inquietudine, ed assunse un aspetto fiero ed anche un po' sprezzante, come se la guardia gli stesse facendo perdere tempo prezioso..

La guardia attese qualche secondo sempre come incantata, poi rispose: «Va bene, può andare Tenente Trekken. Tenga presente che il computer registra anche gli straordinari che poi dovranno essere autorizzati dall' alto comando per il pagamento» – «Grazie» rispose Gremy riprendendo il tesserino che era fuoriuscito dal lettore ed entrando a passo spedito nella base.

Fheeeew! Primo pericolo superato! Gremy velocemente scrutò le insegne elettroniche all' interno della base, che indicavano i vari settori principali. Doveva trovare in pochissimo tempo la sua navicella. Usò il suo geolocalizzatore sul pc portatile che aveva sempre sul suo braccio destro, per potersi orientare e stabilire dove fosse il magazzino con le prove di incidenti ed i beni sequestrati dal tribunale militare. La distanza relativa tra l'ingresso della base ed il magazzino era pari circa a tre isolati tagliando all' interno della base e passando anche vicino alla zona degli uffici di comando. Così decise per evitare brutte sorprese di fare il tragitto più lungo passando invece per la zona delle officine meccaniche al lato della base ed allungando il percorso sino a circa cinque isolati di distanza, il che sarebbe stato più faticoso, lungo ma molto più sicuro.

Gremy quindi si avviò dal lato sinistro diretto alle infermerie che erano situate prima delle officine meccaniche ed incrociò quindi alcuni meccanici ed alcuni ufficiali ingegneri. Erano facilmente riconoscibili dagli altri perché indossavano delle divise blu scuro, e gli ufficiali ingegneri avevano delle mostrine dorate in alto sulle spalle. Non era possibile sbagliarsi sul loro rango o status.

Invece gli ufficiali medici come lui in quel caso avevano una divisa bianca, con mostrine rosse sulle spalle. Gli ufficiali del comando invece avevano le divise verdi, con mostrine argentate il che rendeva molto facile capire con chi si avesse a che fare anche da molto lontano.

Gremy passò vicino ad una navicella da ricognizione smontata, dal lato destro sembrava aver subito qualche danno. Grazie al suo addestramento, riconobbe subito il modello un Astron-36 da ricognizione con registrazione audio e video di profondità. Era un modello molto conosciuto tra i tecnici incursori specialmente per le operazioni di spionaggio. Gremy si accorse che c'era qualcosa di rotto tra il propulsore destro ed il sistema di stabilizzazione dell'ala. Il meccanico intento a disincastrare le sue dita da un collettore esterno, rozzamente vedendo quell' ufficiale medico in quella posizione sbottò «Toh, un ufficiale medico da queste parti! come mai? qualcuno si è preso un permesso in malattia non autorizzato?» e sorrise «No signore» rispose Gremy «semplicemente sto andando a controllare alcune prove in laboratorio. Comunque, ho l'impressione che il propulsore dell'ala non sia correttamente collegato allo stabilizzatore, vedi?» - Disse Gremy. Il Meccanico poggiò a terra in malo modo il connettore, si asciugò la mano sulla sua divisa blu scura che era divenuta quasi nera, e poi armeggiando nella parte posteriore del velivolo, esclamo «Perbacco! Hai proprio ragione! Dovresti passare più spesso qui a darci una mano» e ridacchiando si rimise al lavoro tutto contento. Gremy lo salutò ma nel farlo si accorse che per la stanchezza aveva cessato la sua mimetizzazione. Aveva parlato al meccanico proprio come Gremy, e non come Trekken! per fortuna il meccanico non aveva a che fare con le ricerche del personale ma solo con le macchine e non si era accorto di nulla.

Faticosamente Gremy decise di continuare con il travestimento, anche se il farlo richiedeva tantissima concentrazione ed energia, entrambe cose che in quel momento a Gremy scarseggiavano. Era passato da due giorni di completo riposo e convalescenza ad una giornata in piena attività! Passò quindi velocemente il settore meccanico, per poi trovarsi nel settore dell'armeria leggera, e poi continuando sul lato della base finalmente arrivò vicino al magazzino raccolta prove del tribunale.

«Sicuramente» pensò tra sé e sé, «ci deve essere qualche organo di controllo» e «per entrare nel magazzino delle prove occorreranno sicuramente dei permessi particolari». Ma Trekken essendo un ufficiale medico poteva effettuare dei controlli sanitari senza la necessità di tali richieste, in base alle leggi in vigore nel rango militare Mattisteriano.

Si avviò quindi ad entrare nel magazzino prove, ed era appena vicino all' ingresso del magazzino in un'anticamera quando un ufficiale si piazzò davanti all' entrata principale. Divisa verde e mostrine argento. Molto robusto, sul tesserino c'era il nome Roskem, «Tenente medico Trekken, come vedo dal suo tesserino, può cortesemente fornirmi tessera d'identificazione ed autorizzazione ad entrare?» – Roskem sembrava un tipo sveglio e molto ligio al dovere, con l'atteggiamento altezzoso e provocatorio di colui che riusciva sempre a trovare negli altri qualcosa di sbagliato, sempre qualcosa che non andasse mai bene.

Gremy tirò fuori li tesserino, poi disse «mi spiace ma non ho autorizzazione. Sono qui per un controllo sanitario, probabile fuoriuscita di materiale classificato con possibilità di contagio ad alto rischio, da un reperto sequestrato pochi giorni fa» rispose. Roskem lo squadrò dall' alto in basso, e poi con il suo fare sprezzante gli ridiede in mano il tesserino e rispose «mi spiace tenente Trekken, nessuna autorizzazione, nessuna possibilità di entrare. Le regole del Tribunale qui sono molto rigide». Gremy provò ad utilizzare la diplomazia e disse «si tratta di un alto rischio sanitario, non c'è stato tempo di produrre autorizzazioni e di informare l'alto comando. Anche la sua stessa sicurezza è a rischio, ed in base alla legge sanitaria dovrei effettuare una analisi preventiva senza autorizzazione». «capisco» replicò Roskem, «ma il mio superiore è stato molto chiaro proprio ieri: niente autorizzazione, niente accesso consentito a nessuno, nemmeno al personale medico». Duro come la roccia.

Allora a Gremy non rimase che improvvisare. «Può guardare cortesemente negli ultimi files che gli hanno inviato dal comando? È probabile che trovi una bozza di autorizzazione per il rischio sanitario parzialmente approvata» disse Gremy, con l'intento di distrarre l'ufficiale in qualche modo.

Roskem si mise a controllare, facendo qualche passo indietro e sedendosi vicino alla sua scrivania nell' anticamera. Gremy vide che intorno non c'era nessun altro, e le telecamere sembravano disattivate o non attive in quel particolare angolo del magazzino poiché le spie di registrazione erano spente. Così approfittò della rettitudine di Roskem, che guardava il monitor e disse «mi spiace ma non trovo nessuna autorizzazione qui», e Gremy si avvicinò lentamente di lato dicendo «provi a riguardare le comunicazioni relative a due giorni fa» e mentre era ormai a pochi centimetri da Roskem seduto, fece un rapido ripasso della lotta al lamantone barbaro che gli avevano insegnato a scuola: «Dunque vediamo...» – «Due colpi molto forti al tessuto connettivo dietro le spalle, proprio in prossimità dei due nervi principali, poi tirare entrambe le estremità verso il basso, come per accumulare l'energia prodotta dal colpo, ed infine, mentre mentalmente si focalizzano due mezzelune dorate nelle proprie mani, si uniscono i palmi sulla testa dell' avversario focalizzando un sole dorato.».

Bum! Roskem cadde come un tronco d'albero reciso di netto. La sua testa prima batté sul monitor di controllo, poi tutto il resto del corpo accasciandosi cadde completamente per terra.

«Ah, la lotta al lamantone barbaro funziona ancora !!» pensò Gremy divertito.

Pensò a suo nonno ed ai suoi racconti su questo tipo di lotta fatta per bloccare questo animale, simile ad un orso, ma con tutta la pelle rivestita e spessa come quella di un coccodrillo. Gli unici punti deboli sono le intersezioni dietro la schiena tra le braccia e le spalle, e le orecchie ai lati della testa. Sono gli unici punti in cui si può colpire senza farsi male e si può bloccare e stordire l'animale. Il lamantone barbaro! Sui Mattisteriani questo tipo di lotta aveva un effetto simile, e poteva stordire chiunque rendendolo incosciente anche per alcune ore se veniva fatto bene.

Roskem quindi era caduto per terra, Gremy gli prese la olotessera di controllo (che portavano solamente gli ufficiali della base) e la inserì nel computer di ingresso, cliccando con il dito preso dal braccio di Roskem sull' esagono di apertura del magazzino.

La porta blindata che racchiudeva le prove con un fragore metallico si aprì e poi molto lentamente lasciò intravedere il suo interno dove per un attimo Gremy rimase impietrito nel guardare...

Il magazzino era molto vasto, ma su un lato vi erano ammucchiati circa una cinquantina di cadaveri di Mattisteriani. I cadaveri erano raccapriccianti, in quanto sembravano come «prosciugati», l'esatto contrario di un Mattisteriano che quando muore tende a diventare leggermente «liquido» con una consistenza pari alla gelatina.

Questi cadaveri invece erano molto strani ed erano tanti, tutti senza divisa e ammassati in forma «anonima». Non si sapeva se fossero soldati o che cosa. Poi nel mezzo del magazzino vi era un grosso cannone, non meglio identificato. Aveva degli strani anelli tubolari che divenivano più sottili e piccoli verso la punta del cannone. Sembrava un'arma sequestrata di qualche tipo proveniente da qualche pianeta esterno.

Poi Gremy vide una grossa struttura metallica, come un grande contenitore con al centro in alto incastonato un grande cristallo di color rosa, che attirava molto la sua attenzione.

E finalmente, sul retro, proprio a pochi metri dal grande cristallo la sua navicella!! O per lo meno, i resti che rimanevano dopo l'impatto su Ganimede.

La navicella in origine era una Maxtor 200, una media nave da ricognizione e trasporto, dotata anche di qualche arma non convenzionale e sperimentale.

Gremy non aveva molto tempo a disposizione, perché la guardia si sarebbe svegliata prima o poi e inoltre qualcuno sarebbe potuto arrivare in quel magazzino e notare Roskem svenuto e dare l'allarme.

Quindi corse verso la sua nave in cerca di risposte, anche se il grosso cristallo e la strana macchina presente sul suo cammino, lo incuriosivano e non poco, distraendolo dal suo obiettivo principale.

Sembrava come se dal cristallo fuoriuscisse qualche tipo di energia o di magnetismo e Gremy sentiva come un innato impulso a toccarlo. Comunque gli passò avanti e si diresse alla navicella, le priorità andavano eseguite per prima in sequenza in base al proprio scopo. Questa massima l'aveva ripetuta molte volte durante Insegnamento da tecnico incursore fatto in Accademia.

La sua navicella Maxtor era letteralmente spezzata a metà, all'altezza del ponte di comando. I propulsori posteriori erano letteralmente vaporizzati, e avvicinandosi Gremy iniziava a sentirsi confuso.

Forse era il cristallo, o forse era l'incidente, ma un turbinio di cose iniziava ad aleggiare intorno a lui. C'era il ponte di comando, e c'era l'alieno che gli diceva che l'ospite è come il pesce, dopo tre giorni puzza, e c'era il sangue alieno tutto intorno e c'era l'esplosione.

Mamma mia che dolore in testa e alle gambe! doveva aver preso davvero un brutto colpo. Cercò di avvicinarsi al pavimento del ponte di comando, che era ancora presente sul pezzo di navicella inclinato che era stato depositato nel magazzino e poggiato a terra.

si avvicinò al pavimento e vide un piccolo frammento rosso, ma non era sangue alieno. Era un pezzo di cristallo, un cristallo rosso che l'alieno umanoide aveva con sé insieme ad un dispositivo simile ad una piccola armatura indossata sul braccio.

L'alieno come si chiamava? .... Era un suo amico? ... che ci faceva sulla nave? .... L'esplosione, il colpo, il sole del sistema 459, la "Via Lattea" o zona neutrale 459, Amina, si stava facendo tutto confuso nuovamente!

La sua testa sembrava esplodere, non capiva quello che stava succedendo.

Doveva recuperare i dati dal registro di bordo della navicella, se ancora fossero stati presenti.

Tentò di avvicinarsi al computer principale del ponte di comando, ma poi non capì bene quello che stava accadendo. Ci fu come un piccolo lampo.

Si ritrovò qualche istante dopo, con in mano la tessera ed il chip con le informazioni e la strana sensazione di aver già vissuto quel momento.

Fece qualche passo indietro, e voltandosi trovo alle sue spalle ancora la grossa macchina strana con all' interno il cristallo rosa.

«Ehilà, Tenente Trekken! Metta in alto le mani!» – urlò dal fondo del magazzino un soldato. Sembrava un Classe 4 da combattimento. Un altro commilitone affianco invece cercava di far rialzare Roskem. Lo sbatteva cercando di risvegliarlo. Gremy sapeva di essere nei guai, non poteva uscire da quella situazione molto bene.

«Secondo avvertimento, metta in alto le mani Tenente Trekken!! Lei è in arresto!» – L'intimazione si faceva più forte, ed il soldato mise il suo fucile in posizione ed in direzione di Gremy – stavano solo seguendo le procedure militari, ed avevano iniziato a tenerlo sotto tiro.

Anche il commilitone si alzò e si piazzò sulla destra del soldato, in posizione di guardia e per coprire le spalle in vista di un probabile scontro a fuoco. Intanto il soldato che aveva l'ingaggio principale aveva iniziato ad avviarsi verso Gremy attraversando il magazzino, in maniera lenta e circospetta. Gremy non poteva fuggire, perché il soldato avrebbe sparato subito molto velocemente.

«Terzo avvertimento, metta in alto le mani e le ginocchia a terra. In caso di risposta negativa faremo fuoco. Lei è in arresto per ingresso non autorizzato nella base Alfa» urlava il soldato.

Gremy aveva paura, ma l'unica cosa che gli era rimasta era proteggersi dietro la grande macchina col cristallo, e quindi provò ad accovacciarsi sul lato più grande della macchina.

Il soldato iniziò a fare fuoco in aria, per intimorire ancora di più Gremy e continuare la procedura di approccio e di arresto mentre continuava ad avvicinarsi.

Gremy non era armato, e non aveva modo di contrattaccare. Guardò in alto e si accorse che sul lato della macchina appena sopra la sua testa vi era una apertura a forma di esagono.

L'istinto lo spinse a toccare quella macchina, così mentre il soldato era ormai dall' altro lato della macchina a qualche metro di distanza, Gremy mise le dita in quell' esagono ed un certo magnetismo iniziò a fuoriuscire dal cristallo. Il cristallo da rosa divenne rosso, poi quasi incandescente nel giro di pochi secondi e Gremy sentì la sua mano bloccarsi nel dispositivo, mentre iniziava a provare un fortissimo dolore.

Tutto attorno l'aria iniziò a diventare quasi ionizzata, in movimento, e non lasciava trasparire chiaramente i contorni degli oggetti che cominciavano a sembrare tutti sfocati.

Gremy non riusciva a togliere la mano dal pannello esagonale in cui l'aveva infilata, e mentre il dolore profondo nella mano stessa continuava ad aumentare, cercò di divincolarsi in qualche modo. Provò a girare quindi la mano in un verso e quindi si accorse che il soldato aveva smesso di muoversi, anzi indietreggiava lentamente.

Poi provò a muovere la mano nell' altro senso ed il soldato tornò di nuovo sui suoi passi avanzando verso Gremy, ma Gremy non riusciva a guardarlo bene perché l'aria si era fatta quasi irrespirabile sempre più nebbiosa, quasi fortemente elettrica.

Sentiva che gli mancava il respiro, qualcosa non funzionava, così decise di muovere a strattoni la mano di nuovo nell' altro senso ed improvvisamente il dolore divenne più forte al braccio e le ultime cose che aveva fatto si raggomitolarono intorno, il soldato tornò indietro nuovamente sui suoi passi e nella sua testa come un insieme di immagini in un film, ed il dolore al braccio divenne fortissimo e non controllabile.

il soldato venne rispedito come all' indietro, il colpo del suo fucile rientrò dentro al fucile stesso, il commilitone si allontanò da Roskem e anche Roskem per un attimo tornò in piedi indietro sulla sedia e poi, Trekken e bam!! Gremy perse i sensi.

Quando riaprì gli occhi, era da solo, di fronte ad una libreria ed un piccolo talismano con un cristallo rosa nel mezzo. La sua mano destra ed alcune sue dita erano ancora poggiate sul talismano. Per un attimo rimase inebetito.

Poi si guardò intorno staccò subito la mano dal talismano e notò con stupore i manuali di storia, il letto provvisorio, la piccola cupola abitativa del settore 12. Era a casa di Amina. «cosa ci faccio qui? che giorno è oggi?» pensava tra sé e sé. Amina non c'era in casa, e così andò vicino alla parete che dava sulla strada e disse «attivazione finestra» per guardare fuori e rendersi conto di che cosa stesse succedendo.

La notte non era ancora iniziata, in quanto il cielo non era completamente blu scuro e lasciava ancora intravedere qualche bagliore provenire dal lato ovest di Tadiozuma. Tadiozuma e Ganimede lasciavano giocare in mezzo a loro, come due giganti buoni, la stazione spaziale Palindroma in quanto proprio tra loro due vi era assenza di gravità dovuta alla piccola vicinanza tra le due lune.

Anche quella sera era possibile intravederla, tra le due grandissime lune, come un agglomerato di luci rosse e blu a formare due piccoli cerchi intersecati nel cielo di Mattistero.

Gremy si sentiva molto confuso, i suoi ricordi sembravano tutti mischiati e non si ricordava più cosa stesse facendo lì.

Poi riguardò i libri nella libreria che aveva messo a posto, il manuale sulla classificazione delle specie, e gli venne in mente che doveva andare alla stazione alfa per recuperare delle informazioni sulla sua navicella. Ma qualche attimo prima non era proprio alla stazione alfa?

Controllò allora in tasca la sua tessera anonima con i crediti, ed aveva una tessera con circa 22000 crediti ed un'altra schedina di memoria universale, di quelle che si usano normalmente sulle navicelle. Tutto molto strano per lui.

Così si sedette un attimo sul letto, in attesa che Amina tornasse, e riattivò la sua coperta rigenerante in quanto le gambe gli facevano ancora molto male e si sentiva proprio senza forze. Anche il suo braccio destro era molto dolorante ed era divenuto molto legnoso, quasi tumefatto da quello che era successo. Quindi si distese sul letto, prese uno dei suoi fluidi rigeneranti e per qualche minuto stette completamente immobile, osservando fuori la finestra la stazione spaziale palindroma. Stava riprendendo le forze. Dopo qualche minuto, appunto attivò il suo computer portatile sul braccio destro, ed inserì al suo interno la memoria universale che aveva in tasca. Aprì la documentazione, e scoprì che si trattava del diario di bordo della Navicella Maxtor 200. Conteneva tutti i rapporti e le rotte eseguite dalla nave nella missione di ricognizione su Alfa Centauri. Come mai era riuscito a prenderla? i rapporti dicevano che

la nave era partita da Mattistero per controllare alcuni minatori ed operai che avevano organizzato una sommossa su una luna di Alfa Centauri. Doveva sorvolare tre volte circa la luna, e raccogliere informazioni audio e video sui fautori della sommossa. Ma durante la ricognizione, dopo la seconda orbita sulla luna, la nave aveva incrociato un velivolo sconosciuto che curiosamente arrivato in orbita sulla luna, aveva inviato una capsula verso il pianeta.

Così la Maxtor 200 contravvenendo agli ordini principali della missione, atterrò sulla luna di Alfa centauri per investigare meglio sulla capsula.

Dalla capsula venne raccolta una specie aliena di una razza minore, classificata come umanoide. Le cause del suo atterraggio sulla luna di Alfa centauri sono tuttora sconosciute.

C'era anche una ulteriore nave di un sistema sconosciuto con intenzioni ostili che era arrivata nei pressi di Alfa Centauri e distrusse la nave dell'alieno.

L'alieno poi fu caricato a bordo della Maxtor 200, ed anziché tornare su Mattistero, la nave fece una lunga deviazione sul sistema solare 459, galassia chiamata dagli umanoidi come «via lattea». Da qui, la nave fece un breve atterraggio su Saturno, il sesto pianeta del sistema, dopodiché la nave fece nuovamente rotta verso il terzo pianeta del sistema, che era la principale colonia aliena degli umanoidi, e poi improvvisamente circa ulteriori tre navi di tipologia sconosciuta entrarono in ingaggio con la Maxtor 200 danneggiandone gravemente alcuni propulsori.

La nave poi fece rotta nuovamente verso Alfa Centauri, mentre era inseguita dalle tre navi di tipologia sconosciuta. Poi utilizzando un sistema di trasporto spaziotemporale, la navicella ricomparve nei pressi di Ganimede, con tutta la strumentazione ed i propulsori seriamente compromessi ed i sistemi vitali in avaria. Poi l'atterraggio di fortuna su Ganimede e lo spegnimento del computer di bordo dopo lo schianto. Fine dei rapporti.

Caspita! questo era tutto quello che era descritto nei diari di bordo

59

della Maxtor 200. Una missione politica di ricognizione trasformatasi poi in un'azione militare coinvolgendo altre razze aliene! roba da far impazzire l'alto comando Mattisteriano! Se Gremy era responsabile di tutto questo, era nei guai fino al collo, perché pur di mantenere il loro status lo avrebbero incolpato di qualsiasi cosa e negato qualsiasi responsabilità, in modo da farlo diventare un capro espiatorio e mantenere il loro controllo su tutto il sistema.

Gremy si ricordava di aver avuto qualche problema qualche anno prima con l'alto comando Mattisteriano, ma non ricordava esattamente perché, dove e quando, aveva solo questo concetto che gli girava in testa. Molto probabilmente non aveva accettato qualche compromesso dovuto alla sua posizione e a qualche sua missione, ma in quel momento era davvero molto stanco e confuso. Non sapeva nemmeno come avesse fatto ad ottenere la scheda di memoria universale della Maxtor 200.

Così si rimise a dormire, nella speranza di ritrovare alcune risposte con calma l'indomani.

Amina lo svegliò presto la mattina successiva, con un dolcissimo «Buongiorno Gremy! oggi è una bellissima giornata! Vuoi fare colazione insieme a me? «anche se tornata dal suo turno di lavoro, era sempre simpatica e fresca come la sera precedente. «Va bene» rispose Gremy anche se ancora assonnato.

Durante la colazione, Gremy gli confessò alcuni suoi problemi, tra cui quello della memoria – «non riesco a ricordare le cose che mi sono accadute, mi sembra tutto molto confuso, ci sono cose che sono successe e cose che si accavallano ed è tutto così complicato», «Ti è mai successo qualcosa del genere? sembra quasi di impazzire! tu conosci qualche rimedio per questo? «e Amina rispose «sì, io utilizzo una antica tecnica che ho trovato su un libro di storia antica per domare la confusione ed il caos. Devi iniziare partendo da una cosa, una singola cosa su cui sei certo e sulla quale non hai confusione. Come se guardassi una tempesta di cobalto, devi prendere una singola particella di cobalto sulla quale non sei confuso e poi inizi a allineare tutte le altre cose in base a quella singola particella ferma.». Così

Amina prese una lavagnetta olografica portatile, e aiutò Gremy a scrivere e disegnare ciò che gli era accaduto in sequenza temporale e a scrivere e disegnare solo ciò di cui lui era veramente certo.

Così Gremy inizio a comporre una piccola traccia dell'accaduto, partendo dall' incidente, e a mano a mano aggiungendo tutti gli altri avvenimenti secondo il suo criterio temporale. Decise di tenere quella piccola lastra olografica sempre con sé come se fosse una mappa importante di un territorio sconosciuto, un territorio che doveva scoprire se voleva salvare la sua vita e quella dei suoi amici, e forse anche quella dell' impero.

Dopo circa un oretta, dopo aver fatto colazione e scherzato anche con Amina Gremy era molto più tranquillo e rilassato, e Amina soddisfatta di aver aiutato il suo amico e disse «vado a riposare ora, più tardi mi aspetta un altro lavoro molto faticoso presso l'università di Skater Tempuri, quindi se non ti dispiace vado a dormire anche io adesso» e se ne andò nella sua sezione privata della cupola abitativa.

Gremy prese quella piccola lastra olografica e la ripiegò molte volte, per renderla ancora più piccola ed inserirla nella sua tasca come un gioiello portafortuna.

Decise che avrebbe consultato più spesso ed aggiornato quella mappa, per rendersi conto di dove si trovasse ma soprattutto di quando si trovasse.

Quella nuova giornata sembrava tranquilla, non vi erano tempeste di cobalto in corso, quindi dopo aver riposato qualche altra ora decise dato che aveva crediti a sufficienza, di prendere un Hyperloop e spostarsi presso la seconda città più grande di Mattistero, Molonia, situata ad ovest del pianeta.

Presso Molonia voleva incontrare due suoi grandi amici, i fratelli Baldok un allevatore di balene e un vecchio scienziato inventore di nuova tecnologia sperimentale.

Con l'Hyperloop, la capsula ad altissima velocità ci avrebbe messo solo pochi minuti ad arrivare a destinazione, anche se Molonia distava da Mattistero circa 4500 Km. Quindi decise che per salutare due suoi vecchi amici e ricostruire meglio le sue gambe quella sarebbe stata la sua prossima meta. Non disse nulla ad Amina, perché lei stava già dormendo e non voleva creare ulteriori problemi. Ma questo in realtà fu un piccolo errore che commise. Quindi uscì di casa e si diresse verso la periferia di Skater Tempuri.

Alla stazione di ingresso di Hyperloop, incontrò nelle vicinanze sdraiato per strada un altro Mattisteriano, vestito con pezzi logori di divisa e con il tessuto connettivo completamente danneggiato, che cercava inutilmente crediti ai passanti, e che blaterava e gridava parlando anche da solo riguardo agli Invasori. «Stanno ritornando! Gli invasori sono qui e voi non ve ne siete accorti! ci uccideranno tutti un'altra volta! i politici non ce lo dicono, i militari non ce lo dicono, ma I Camminatori sono tra di noi, sono qui!! vi prego, ho bisogno di crediti perché devo scappare via da questo posto prima che arrivino!» – Gremy passò proprio vicino al tizio e non gli diede molta retta, perché sapeva che il vecchio era solo lì per far sentire sbagliate le persone e per racimolare crediti. Anche se gli avesse dato tutti i suoi crediti, il vecchio sarebbe rimasto sempre lì a blaterare perché quello era il suo scopo, è così che si comportano tizi del genere. «I Camminatori sono tornati, e vi uccideranno tutti e vi assimileranno con la loro protomolecola!» continuava a blaterare il Mattisteriano impazzito. Gremy era comunque già molti metri avanti a lui e se ne andò via noncurante.

Più avanti, poco prima dell'ingresso nel Hyperloop, un giovane Mattisteriano gli porse da una bancarella un ologiornale, dicendo «Tenga signore, le ultime notizie solo per un credito. Fonti ufficiali autorizzate e nessuna pubblicità» – «oh grazie» rispose Gremy, passando la sua tessera anonima nel lettore del giovane. Prese l'ologiornale e continuò a camminare verso l'Hyperloop.

L'ologiornale parlava di un incidente accaduto tre giorni prima all' ospedale militare di Skater Tempuri, con la probabile fuga di un detenuto. Riportava anche alcune notizie finanziarie, di un incidente avvenuto nel terzo quadrante di Mattistero, e di alcuni cambiamenti legislativi sugli spazioporti operanti sulle lune attorno al pianeta.

Anche se direttamente non vi era riportata nessun altra notizia, Gremy sapeva che era nei guai e che era sicuramente era ricercato dai militari e dagli agenti di controllo in quanto ritenuto un problema per la "sicurezza nazionale".

Lo sapeva perché i pericoli in casi del genere venivano «segnalati» come notizie frammentarie e generiche, senza indicare nomi e status delle persone coinvolte. Più le notizie erano generiche e diffuse, più il caso era pericoloso e grave.

Scaricò l'ologiornale nel suo pc portatile e lo ripose nell' apposito contenitore all' ingresso di Hyperloop, poco prima di entrare nell' area di imbarco.

Era arrivato finalmente! C'era un grande via vai di Mattisteriani, molti con i volti anonimizzati per non farsi riconoscere, alcuni giovani con le sembianze di personaggi famosi perché questo faceva più sembrare alla moda, una grande folla in movimento mentre sullo sfondo i grandi tubi energetici alimentavano il grande condotto cilindrico che conteneva l'Hyperloop.

l'Hyperloop era in sostanza una piccola navicella spaziale che viaggiava dentro un tubo vuoto, sostenuto da fortissimi campi magnetici che tenevano in sospensione la navicella e gli permettevano di raggiungere velocità incredibili.

L'assenza di aria e di materiale nel tubo evitava gli attriti ed era praticamente a prova di incidenti. Era un modo molto pratico e veloce di spostarsi tra città e città su Mattistero.

Gremy scaricò alcuni crediti dalla sua tessera, e in modalità anonima prima di prendere il successivo Hyperloop, che era stabilito passasse dopo circa quindici minuti, e nel frattempo decise di entrare in un piccolo negozio di divise, proprio a fianco dell' imbarco principale.

La gentile commessa lo accolse con un sorriso, e lui si accorse che tutto il lato sinistro del suo braccio era completamente metallico.

Quello era un segno di un impianto e di una mutazione fatta a seguito di qualche incidente molto importante e grave. Peccato, perché per il resto la commessa sembrava molto attraente.

Le mutazioni metalliche e le sostituzioni avvenivano quando la donna Mattisteriana non riusciva a reintegrare correttamente tutti i suoi tessuti, cosa che spesso invece riuscivano a fare molto bene. Ma in caso di gravi incidenti o di esplosioni molto invasive, non era possibile per le donne ricostruire completamente l'arto distrutto, così si ricorreva alle mutazioni e alle sostituzioni mediche dell'arto stesso che era stato danneggiato.

Gremy fece finta di niente, soprassedendo a quel piccolo problema che poteva avere quella commessa. Chiese una divisa d'ordinanza classica, con degli stivali magnetici sportivi ed una denso-struttura superiore, un sistema per rinforzare la divisa ed unirla insieme al proprio tessuto connettivo, rendendo così la divisa quasi immune ai comuni colpi provenienti da pistole a raggi e capsule stordenti.

«con questo potrebbe andare anche a fare una rapina in centro, e di sicuro non le succederebbe niente!» disse ironicamente la commessa, con il suo sorriso stampato in faccia e l'attitudine di tirare fuori divise per recuperare crediti. «Certo, ma anche con questa denso-struttura, siccome loro sono sempre cinque minuti in avanti, mi arresterebbero prima di fare effettivamente la rapina» rispose scherzando Gremy mentre si provava la sua divisa e la denso-struttura superiore.

Sembrava andare bene, ed anche gli stivali calzavano bene. Le divise erano molto importanti per i Mattisteriani. I loro corpi erano mutevoli e cambiaforma, ed in caso di stress o stanchezza tendevano a perdere la loro elasticità e a divenire in tantino gelatinosi, quasi fluidi. Quindi avere una divisa che potesse contenere e sostenere la muscolatura era molto importante per un Mattisteriano, ed inoltre gli dava un certo aspetto e contegno.

«sono 200 crediti, ma se compra tutte e tre le cose insieme posso darle anche in omaggio un piccolo zainetto e darle 20 crediti dilazionati in sconto se viene a riacquistare presso il mio negozio entro due mesi» – «bene signora, mi sembra una buona proposta, però probabilmente non so se passerò nei prossimi due mesi» continuò a dire Gremy «perché prendo raramente l'Hyperloop. Comunque, grazie per l'offerta» e pagò tranquillamente con i crediti prendendo lo zainetto in omaggio. Mise nello zainetto i suoi vecchi stivali e la sua divisa sportiva, e tenne indosso invece i vestiti che aveva appena provato, e conformò il suo viso alla espressione «anonima» che in molti utilizzavano durante i viaggi per mantenere la loro privacy.

Gremy si avviò quindi camminando molto meglio con i nuovi stivali, e poco prima che arrivasse l'Hyperloop, mentre mancavano solo 3 minuti al suo arrivo, si accorse che un signore anziano aveva lo stivale destro danneggiato e si stava alzando con l'aiuto di un esoscheletro molto ma molto lentamente dalla panchina dove era seduto..

Davanti a lui c'erano alcuni altri Mattisteriani, tra cui un piccolo che giocava con un suo compagnetto trasformandosi in facce buffe e ridendo a crepapelle. Erano a pochissimi metri di distanza dal vecchio signore.

Da lontano Gremy notava che l'esoscheletro era fuoriuscito dalla parte inferiore nei pressi dello stivale, e quindi quando il signore avrebbe provato a camminare con quello stivale, la pressione dell' esoscheletro avrebbe fatto o saltare lo stivale insieme anche al piede oppure sarebbe fuoriuscito il pistone interno parte dell' esoscheletro rischiando di far male a qualcuno.

Gremy mentalmente contò i passi che lo separavano dall' anziano, ed iniziò a gridare «Aspetti signore, aspetti!» mentre nella maniera più veloce possibile cercava di correre incontro all' anziano. I familiari vicini si voltarono insieme ai due piccoli, e poco distante anche un'altra coppia di pendolari Mattisteriani si voltò per capire cosa stesse succedendo. Gremy corse e gridò ancora più forte, mentre mancavano tra lui e l'anziano solo tre metri. «Aspetti signore!!!» – il vecchio sembrava non sentire e lentamente si era già alzato dalla panchina su cui sedeva, e stava per muovere il piede con lo stivale danneggiato.

Gremy in quel momento iniziò a vedere il liquido e una specie di vapore che iniziavano a fuoriuscire dalla parte inferiore dello stivale del vecchio. Il signore lentamente si stava girando verso Gremy, il quale gli era già arrivato addosso e lo spinse con tutta la forza necessaria per spostare anche l'esoscheletro verso la panchina, mentre con la gamba tirò un calcio molto forte allo stivale del vecchio per portarlo in una posizione diversa – «Clank! Sfiiist!» fece lo stivale ed il pistone che stava fuoriuscendo dallo stesso. Poi «Sdeng!» - Ci fu come un colpo secco, e poi un rumore metallico che echeggiò dalla panchina al muro vicino e dalla parete all' altro lato dell'Hyperloop. Il fumo stava ancora uscendo dallo stivale del signore, dalla parete vicina e dall' altra parte dell'Hyperloop dove il pezzo di esoscheletro si era andato a conficcare.

Per fortuna lo stivale aveva tenuto e non si era rotto! Gremy chiese al vecchio come stava e se si era fatto male nella caduta sulla panchina dove lo aveva spinto per salvare la sua salute e quella dei Mattisteriani vicino a lui. I piccoli ragazzi guardarono Gremy con ammirazione, e poi spiegarono ai genitori che a causa dell'esoscheletro del vecchio c'era stato quel piccolo incidente, e che Gremy lo aveva aiutato a non farsi male.

Tutto abbastanza nella norma. I genitori dei piccoli noiosamente ripresero a guardare il tabellone dell'orario, così come pure i due pendolari che avevano sentito le urla di Gremy.

Era una normale giornata di lavoro come tutte le altre e nessuno si era reso conto del pericolo che Gremy aveva evitato e del potenziale danno che avrebbe potuto accadere sia al signore che ai pendolari.

Sarebbe potuta essere una notizia da ologiornale da rivedere il giorno dopo in attesa di prendere il prossimo Hyperloop, ma anche su Mattistero era difficile ricevere riconoscenza in quanto a merito, specialmente se si compivano gesti straordinari tra gli abitanti comuni. Comunque il vecchio alla fine ringraziò Gremy, e chiese se volesse qualcosa in cambio e Gremy disse che non c'è ne era bisogno. L'importante è che lui ora stesse bene. Si chiamava Proghon e stava andando a trovare la sua nipotina a Molonia. Gremy lo aiutò nuovamente ad alzarsi, e nel frattempo era arrivato l'Hyperloop e le persone stavano iniziando a prendere i loro posti.

Era curioso che un tecnico incursore militare ferito, zoppicante, stesse aiutando a salire un vecchio claudicante e con l'esoscheletro danneggiato. Sembravano due amici comici, come due feriti di guerra che cercano di aiutarsi a vicenda. Ad ogni modo Gremy trovò molto divertente la cosa, e aiutò il signore a sedersi e ad allacciarsi le cinture di sicurezza per raggiungere Molonia.

Gremy lo salutò affettuosamente ed andò anche lui ad accomodarsi al suo sedile nell' Hyperloop. Non vi erano finestrini o aperture per l'aria oltre alle porte di ingresso, ma solo dei grandi monitor dove venivano proiettate pubblicità olografiche in tre dimensioni. «Hai bisogno di un potenziatore? Clinica Fardok ti aiuta in pochi giorni con reinserimento lavorativo garantito in poche ore» – «Sei stanco del solito percorso? l'eliotaxi ti porta a destinazione ogni volta con un panorama diverso» – «Ti piacerebbero tre giorni di assoluto divertimento sulla stazione Palindroma? Ticket disponibili anche con escursione su Tadiozuma e Ganimede tramite capsula programmata» ... «caspita, alcune cose nell' universo non cambiano, come la pubblicità che non manca mai!» pensò Gremy, dato che aveva visto su Alfa centauri e in diversi sistemi solari abitati da diverse razze, vari sistemi pubblicitari e di pubblicazioni simili ai giornali. La propaganda era ovunque nell' universo, ciò era curioso ed interessante.

L'Hyperloop iniziò il suo conto alla rovescia, chiuse le porte ed in pochi secondi partì, raggiungendo la straordinaria velocità di circa 13500 Km / orari. Molonia era distante circa 4500 Km da Skater Tempuri. Ed arrivarci in meno di quindici minuti di viaggio era una cosa davvero notevole. Anche se un po' scomoda, dato che qualche Mattisteriano per compiere quel tipo di viaggio era costretto a prendere dei sedativi. L'accelerazione iniziale e la decelerazione finale mettevano a dura prova alcuni tipi di corpi. Gremy fortunatamente era stato addestrato in accademia e quindi era in un certo senso abituato e quasi non ci faceva più nemmeno tanto caso. L'Hyperloop arrivò a Molonia, la città dei "pescatori" perché era proprio a ridosso del Mare Turchese, il mare con la più alta concentrazione di cobalto e di balene dell'intero pianeta. Gremy scese dall' Hyperloop e si ritrovò molto vicino al centro città. La città stessa era divisa in due sezioni, una completamente sulla costa ed un'altra sezione invece interamente costruita sopra dei ponti adagiati sul mare. Una antica leggenda narrava che Molonia venne costruita prima sul mare o poi sulla terraferma. Altre storie popolari invece narravano che la città fu fondata da un gruppo di pescatori, che costruirono vari ponti provvisori su delle navi per circondare e pescare una grande balena blu argentata, una specie ormai estinta. Poi questi ponti provvisori divennero stabili ed utilizzati per pescare altri tipi di pesci e fondare prima un porto e poi una della città più grandi del pianeta.

La prima tappa che Gremy si era prefisso di raggiungere era proprio il porto, dove lavorava il più grande dei fratelli Baldok e che poteva aiutarlo con la sua coperta ricostituente. La coperta che Gremy aveva raccolto dall' ospedale militare non era completa e purtroppo si stava esaurendo. Il tessuto al suo interno che svolgeva la funzione rigenerante, ricavato dalla carne delle balene era ormai prossimo al suo esaurimento, e se non sostituito avrebbe presto cessato la sua funzione ricostituente. Gremy non poteva permetterselo, le sue gambe stavano per guarire e sarebbero bastati soltanto altri pochi giorni di cura per rimettersi in sesto completamente. Così decise a tutti i costi di ritrovare il suo amico Baldok ed ottenere il tessuto di balena come ricambio per la sua coperta. Perciò prese facilmente fuori dall' Hyperloop un eliotaxi, e si diresse verso il porto di Molonia. Appena arrivato, tra il forte odore del pesce pescato e l'acre aria resa quasi acida dal cobalto, per prima cosa entrò in un piccolo locale dove gli operai del porto erano soliti fare baldoria. Glicosia ad altissimo volume quasi direttamente inserita nel tessuto connettivo, e Glaciascona ghiacciata sparsa un po' ovunque erano gli elementi caratteristici di quel posto. Si chiamava "dal Campodone al rutto marcio" ed era uno dei più tipici e unti bar da pescatori di Molonia.

Gremy entrò e andò subito al bancone, ordinò una Glaciascona mini e nel frattempo chiese al gestore «dove posso trovare il pescatore Baldok» e il gestore subito gli spiegò che «si trova presso la pescheria Baldok, al lato del porto grande, proprio vicino al primo ponte sospeso. È facile arrivarci. » – «Già è facile rintracciare le persone quando sono delle celebrità» rispose Gremy, ma il gestore sorrise e disse «No, la verità è che se non viene a saldarmi tutta la Glaciascona che ha preso gli scorsi giorni lo vado io a trovare personalmente!» e poi sorrise ironicamente. In quel posto non avevano mezze misure, né cose quasi dette o cose non dette. E la cosa per un certo verso soddisfava Gremy, che notava invece la differenza con gli ufficiali Mattisteriani spesso pieni di sé e socialmente bugiardi. Lui pagò subito i suoi crediti, bevve molto velocemente la sua Glaciascona che per fortuna era piccola, e si diresse quindi verso la pescheria Baldok vicino al primo ponte sospeso.

Proprio fuori dalla pescheria, c'era Baldok Marter, il suo vecchio amico, che stava con un gran fracasso piegando a colpi di martello un pezzo della fluidonave marina da pesca.
«Sbem! Sbem! Sbem!» continuava imperterrito senza neanche accorgersi della presenza di Gremy, che nel frattempo aveva mutato il suo aspetto da anonimo viaggiatore assumendo le sue vere sembianze. «Ehi lei, gran pezzo di deficiente! Sta fracassando i miei tessuti connettivi con quel rumore!!» gridò scherzando Gremy, che si vide in pochi istanti il grande Baldok Marter mettersi in piedi di fronte a lui con in mano il martello …. «Ehi ma lei…Gremy!!! Vecchio polpo! come stai??» e abbracciò Gremy così forte fino quasi a stritolarlo – solo alcuni amici conoscevano il vero nome di Gremy, che invece per tutti era Garaway Anatom – e Baldok Marter era uno di quelli. Sapeva quanto il suo amico rischiasse la vita nelle sue missioni, e di cosa si occupasse in realtà, e trovava questo molto simile al suo lavoro in mare quando si trattava di catturare le enormi balene azzurre.
Baldok gli voleva molto bene, avrebbe fatto qualsiasi cosa per il suo amico Gremy. «Sto benissimo grazie Baldok! Che bello rivederti! quanti anni sono passati? Cinque? Dieci? » – «più o meno quattro anni dall' ultima volta che ci siamo bevuti una Glaciascona insieme! cosa ci fai da queste parti? ti trovo anche molto ingrassato dall' ultima volta» disse Baldok con uno sguardo indagatore verso le parti basse di Gremy – «Baldok la verità è che non sto tanto bene dall' ultima missione» «Guarda qui» disse Gremy togliendosi parte della divisa e lasciando intravedere la coperta rigenerante collegata manualmente al tessuto connettivo – «sto cercando di riprendermi da un brutto incidente, e ho bisogno del tuo aiuto. La coperta rigenerante si sta esaurendo

69

velocemente, ed io ho bisogno della carne di balena blu» chiese Gremy. Baldok si fece un po' più serio in viso e rispose «Gremy le balene blu si sono spostate ultimamente e sono migrate nella parte opposta di Mattistero, dove c'è il grande Mare Terrificante. Qui nel grande mare Blu sono rimaste soltanto le grandi balene azzurre». Gremy non era un grande esperto di balene, ma sapeva benissimo che le balene azzurre erano un po' più piccole e dotate di meno capacità rigenerative, rispetto alle più rare balene blu. Le balene blu erano ricche di cobalto e altri minerali rari nelle loro carni, ed avevano un potere di rigenerazione cellulare 10 volte superiore.» E come tu ben sai» continuò Baldok facendosi ancora più serio «Pescare le grandi balene blu in questa stagione, nel mare terrificante con le lune di Ganimede e Tadiozuma in opposizione è un suicidio.». «Hai idea di cosa succede se provi ad andare lì adesso?» - continuò Baldok – «questo che vedi è soltanto un piccolo incidente accaduto alla mia nave solo per essermi leggermente allontanato dal Mare blu in direzione del Mare terrificante, e questa nave è un modello che naviga sopra l'acqua senza contatto diretto» continuò ancora più preoccupato «La forza di gravità da quella parte del pianeta è circa tre volte superiore alla nostra attuale qui, a causa della presenza delle lune in questo periodo dell' anno» – Gremy ascoltava con attenzione, anche se in cuor suo non vedeva problemi, lui vedeva solamente il suo obiettivo e la meta da raggiungere ed aspettava il momento propizio per chiedere – «aumentando di molto la forza di gravità, si generano delle correnti e delle forze di marea ingovernabili. Spesso ci sono forti tempeste elettriche di cobalto, e grandi vortici dovuti allo scontro di diverse correnti. Forze impressionanti sono all' opera, e chi in questa stagione va nel mare terrificante non torna mai più né lui né la sua nave» disse perentoriamente Baldok». «Baldok quindi tu mi potresti aiutare? ho bisogno di alcuni pezzi di balena blu per ripristinare la mia coperta rigenerante, ne ho assolutamente bisogno, ho delle missioni vitali che devo completare al più presto» – chiese perentoriamente Gremy. Questa era la sua attitudine di non vedere mai le barriere, ma vedere solamente le soluzioni per raggiungere il suo obiettivo, in un

70

modo o nell' altro. non vedeva barriere, vedeva solamente obiettivi a raggiungere, in un modo o nell' altro.

Baldok rispose affranto, perché avrebbe voluto aiutare comunque - «Gremy, non saprei come fare. Ultimamente è difficile recuperare la carne di balena blu, ed avventurarsi insieme nel Mare Terrificante non sarebbe davvero possibile, nemmeno per due scellerati come noi» aggiunse ridendo. «In questo periodo non torneremmo sicuramente. Quello che posso fare è cercare nelle scorte comunali dei magazzini del porto, in questo modo potrei recuperare qualche pezzo di balena blu. Ma questo ti costerà tantissimi crediti, ti avviso» suggerì Baldok Marter, mentre Gremy soddisfatto già pregustava il suo obiettivo - «Alcuni di questi pezzi di carne sono destinati alla zona imperiale o agli ospedali sparsi sul pianeta, quindi prenderli costerà molto caro più p meno nell' ordine di 2-3000 crediti» – «Caspita» risposte Gremy. «E' lo stipendio di mezzo anno di un comune Mattisteriano» rendendosi conto che la cifra era davvero molto alta, probabilmente sarebbe stato necessario pagare parecchi funzionari «Vorrei comprare questa carne semplicemente, senza coinvolgere i funzionari, non voglio che diventi un segreto» – l'attitudine di Gremy, innatamente pensava sempre al bene di tutti gli interessati anziché solo ai suoi vantaggi personali spesso veniva fuori e innervosì Baldok che sbraitando batté il pugno sopra il tavolo «Ma insomma! le scorte sono destinate ai funzionari ufficiali dell ' impero! senza corrompere non si può ottenere la carne di balena! Non puoi comprarla tu come privato cittadino!» - Ma Gremy aveva preso tantissimi crediti facilmente e non si ricordava nemmeno come. Aveva ottenuto la scheda di memoria dalla sua nave, in maniera alquanto confusa e strana, quindi era ormai una abitudine in un modo o nell' altro di raggiungere le sue mete.

«facciamo così» – propose Gremy senza farsi prendere dalla provocazione e dalla rabbia di Baldok – «sarò io come funzionario ufficiale ad acquistare un poco della carne di balena dalle scorte, tu dovrai solamente reperire la carne e procurarmi la foto dai registri di uno degli ufficiali imperiali che di solito vengono qui ad acquistare» – intanto Baldok stava mugugnando e rigirando nella mano una piccola

71

vite – «Va bene, potrebbe funzionare... ti manderò la foto e ti dirò l'orario preciso per la compravendita» rispose Baldok Marter. Quindi il problema non c'era più. «Grazie Baldok!!» - disse Gremy con entusiasmo, abbracciando il suo vecchio amico «Facciamolo allora! Ed in barba al tempo passato del signore oscuro!! E adesso per festeggiare, andiamo a berci una grandissima Glaciascona ghiacciata!» e a questo invito Baldok non poteva tirarsi indietro.

Così un po' più convinto, e già pregustando la sua Glaciascona Baldok buttò la vite che aveva in mano, posò il suo martello ed insieme tornarono al bar a bere insieme.

Gremy saldò anche il piccolo debito che Baldok aveva con il barista, facendo il tutto a sua insaputa, poiché Baldok era un personaggio molto orgoglioso e avrebbe potuto arrabbiarsi per qualche strano motivo.

Quindi la giornata poi si concluse ottimamente, con una rimpatriata di vecchi amici al bar. Si fece sera quando uscirono insieme dal bar, si salutarono e si diedero appuntamento per l'indomani o al massimo il giorno successivo.

Gremy si procurò poi una piccola valigetta, nella quale inserì la sua coperta rigenerante ormai scarica, ma ancora funzionante, e si diede una sistemata alla parte inferiore della sua divisa. La coperta rigenerante non era facilmente acquistabile in commercio, ne esistevano solamente alcune versioni disponibili al mercato nero. Quindi Gremy ne aveva molta cura poiché quello rappresentava un rapido strumento di guarigione per qualsiasi tipologia di malattia.

Successivamente, impostò sul suo computer portatile l'ultima posizione conosciuta del fratello Baldok, Baldok Cannister. Cannister a differenza di Marter, era di corporatura molto più esile, ma con una spiccata intelligenza e capacità inventiva.

Il suo lavoro ed hobby principale era inventare nuovi dispositivi e attrezzature, molte delle quali erano poi rivendute o cedute alla sezione sperimentale militare di Skater Tempuri. Era lì che alcuni anni prima avevano fatto amicizia, scambiandosi prima alcuni insulti, per poi litigare ed infine divenire degli ottimi amici.

72

Gremy si ricordava che il suo amico Cannister Baldok abitava sempre a Molonia, ma non in direzione del Mare azzurro. L'ultima volta che si erano incontrati, Cannister era nell' entroterra, in periferia della città, dove il territorio iniziava ad essere collinare per poi innalzarsi verso le altissime vette delle Montagne Magnetiche.

Era lì che Gremy era diretto, e con un eliotaxi sarebbero bastati solamente pochi minuti per raggiungere la zona.

Una volta arrivato nei pressi del quartiere periferico, Gremy chiese ad un passante della zona, il quale confermò che lì nella cupola sulla collina di ferro abitava il vecchio inventore Cannister.

Gremy arrivò proprio vicino casa, ma poco prima di inserire la sua tessera nel lettore di riconoscimento per far aprire l'ingresso principale dell' abitazione, fu bloccato da un braccio metallico proveniente da un androide che in realtà sembrava integrato con l'abitazione.

«Buongiorno signore, sono il maggiordomo di casa Baldok, mi può chiamare C68, sono una intelligenza artificiale» – e mentre diceva questo, il suo braccio si era aperto lasciando apparire un piccolo dispositivo, una sorta di lettore – «mi permetta di fare la sua conoscenza, ci vorrà solamente qualche secondo» e da quel piccolo tubo quadrato, fuoriuscì in laser che fece la scansione della parte superiore del corpo di Gremy.

«Sig. Garaway Anatom, le do il benvenuto a casa Baldok!» – rispose C68 lasciando aprire l'ingresso principale – «Il sig. Cannister è già stato avvisato del suo arrivo, ho iniziato a far preparare un piccolo benvenuto per lei nel salone principale, attenda qualche minuto ed il signore sarà subito da lei» – «tipico di Cannister» pensò Gremy. Programmare una intelligenza artificiale in un modo così atipico e poco congeniale per l'ambiente Mattisteriano, sembrava un personaggio di un film così intriso di manierismi e molto diretto, rispetto al modo leggero, indiretto e quasi nascosto di un tipico Mattisteriano! Ad esempio, mai un Mattisteriano, accogliendo un ospite si sognerebbe mai di fargli una "scansione", perché questo violerebbe una delle maggiori abitudini ed arti dei Mattisteriani, che è quella del travestimento e della metamorfosi. Sarebbe come invitare a cena un poliziotto, e poi fare la verifica sul funzionamento di tutte le sue armi. È una cosa maleducata, farebbe sentire stupido chiunque.

Ad ogni modo, quello era Baldok Cannister, un inventore di altri tempi che prendeva spunto non si sa da dove.

Gremy entrò dentro casa, e si accomodò nella zona del salotto principale. Un robot inserviente, gestito da C68 portò due cocktail preparati con sostanze non meglio definite. «Probabilmente un'altra invenzione di Cannister in ambito culinario» pensò Gremy, tuttavia non si accinse a bere tale miscuglio liquido dal colore arancione chiaro. Preferiva aspettare la spiegazione e le rassicurazioni del suo inventore, prima di assumere sostanze incognite.

Così aspettò un poco, ma il tempo passava e Cannister non si faceva vedere, quindi dopo circa dieci minuti Gremy si diresse sul retro, dove la cupola abitativa era stata integrata e collegata ad un capannone industriale da costruzione.

La porta principale si aprì, e la quantità di oggetti sparsi in quel capannone era così impressionante da ridurre la luce ad una ombra molto fioca. Gremy rimase stupefatto dalla quantità di invenzioni ed arnesi, e mentre osservava meravigliato tutta quella mercanzia la voce stridula di Cannister dal fondo del capannone arrivò come un sibilo «Gremy un attimo! Sto arrivando! devo solo mettere a posto questo collettore» – e questo non fece che aumentare la curiosità di Gremy, il quale si diresse al fondo del capannone proprio in direzione di Cannister.

Qui finalmente lo trovò, esile, gracile, con una divisa da laboratorio logora e consunta, ed il tessuto degli arti superiori trasparente segno di qualche tipo di malattia.

«Questa è la mia ultima invenzione» – disse Cannister con un filo di orgoglio nella sua voce – «si tratta di un transfiguratore quantico ad inversione molecolare», e mentre diceva queste cose, il suo braccio divenne ricoperto da varie lastre metalliche simili a squame, poi la mano si fece molto appuntita, divenendo sempre ricoperta di un metallo molto lucente, e Cannister quindi colpì con il suo braccio esile una lastra di metallo fissata ad un banco vicino alla parete del capannone. «Zeng!» fece il suo braccio, e la lastra rimase piegata e conficcata dalla mano a forma di arpione di Cannister, che qualche istante dopo si ritrasse lasciando Gremy molto ma molto meravigliato.

«Vedi, oltre al sistema di offesa, il transfiguratore quantico può essere anche un ottimo sistema di difesa» continuava Cannister, incurante del fatto che Gremy fosse passato a trovarlo dopo anni. Era più impegnato a fare una sorta di "dimostrazione", di quelle che si fanno ad esempio ai convegni scientifici o durante i test militari sui prototipi di armi – «C68, attiva protocollo di attacco con il mini cannone a raggi phaser» – disse Cannister, molto soddisfatto del comportamento della sua invenzione, e nei secondi necessari all' attivazione del protocollo il suo braccio divenne una completa lastra di metallo lucente, che Baldok usò come piccolo scudo piazzandolo di fronte al suo viso.

Gremy disse «Baldok ma...» però non fece in tempo a completare la frase, che il cannone sparò tre colpi molto forti in direzione di Baldok, che però grazie al suo scudo metallico rimase impassibile come se nulla fosse accaduto.

«C68, attiva protocollo mini cannone con colpi stordenti» – ed il cannone fece «Peng! Peng!» sparando due piccoli colpi con carica elettrica, due proiettili che avrebbero potuto perforare la pelle di una balena e scaricare la loro energia elettrica stordendola.

«Plaf, Plaf! Zzzzzt» fecero cadendo ai piedi di Baldok.

«La bellezza del transfiguratore quantico, è che a piacimento posso rendere la materia trasfigurata solida o liquida, abilità molto utile in combattimento se voglio evitare i colpi» – continuò Baldok nella sua spiegazione, e rimise ancora in funzione il suo scudo metallico ricavato dal suo braccio destro «Colpiscimi Gremy, colpiscimi più forte che puoi» – ma Gremy, che era rimasto ancora bloccato e non aveva ancora finito di esprimere la frase precedente, fece una piccola trasformazione della sua mano in un piccolo cilindro, e poi tirò addosso allo scudo il cilindro come per dare uno schiaffo a Cannister.

poco prima del contatto tra il cilindro e lo scudo di Cannister, il metallo si aprì come una bolla di sapone che esplode, e divenne elastico come della gelatina. Il braccio di Gremy passò attraverso allo scudo che si era momentaneamente deformato e bucato, ed andò a colpire per fortuna in maniera leggera la parete del capannone.

Poi Gremy ritrasse il suo braccio ed il buco nello scudo si richiuse ritornando alla sua conformazione originaria.

«Caspita, davvero impressionante!» disse Gremy, e finalmente Cannister terminò la sua rappresentazione per salutare il suo vecchio amico - «Già carissimo Gremy, è bellissimo non trovi? ci ho messo due anni di duro lavoro per svilupparlo» e mentre diceva ciò iniziò a scollegare il transfiguratore dal suo braccio – «però purtroppo caro Gremy non è ancora vendibile a causa di alcuni effetti collaterali» e mentre diceva questo con l'altra mano stava prendendo una sorta di siringa contenente qualche strano liquido, «Come mai Cannister? che effetti collaterali ci sono?» - chiese Gremy molto interessato all' utilizzo di quel dispositivo - «Beh vedi Gremy, per funzionare il transfiguratore quantico utilizza una miscela di mercurio liquido e titanio, che insieme al cobalto viene inserito nelle vene della persona che lo utilizza», «tuttavia, il titanio ed il cobalto sono altamente tossici per i Mattisteriani, per cui il dispositivo non può essere utilizzato per più di un'ora, e subito dopo vanno fatte delle iniezioni di fluidi vitali per ripristinare l'equilibrio», « e cosa potrebbe succedere se non si fa l'iniezione?» chiese Gremy con la solita curiosità fanciullesca «Beh si può perdere l'arto oppure l'intero corpo a causa dello shock tossico e dell'impossibilità di rigenerazione cellulare. Forse le donne utilizzando questo dispositivo sarebbero più avvantaggiate, ma non ho fatto dei test su di loro per stabilirlo» sentenziò Cannister, mentre Gremy udiva il suono della siringa che inoculava dei fluidi nel braccio di Cannister. «Ma quanto tempo ci vorrà per perfezionarla?» chiese Gremy «Non saprei, uno o due anni, ma se avessi i test effettuati su campioni di Mattisteriani genere femminile, forse potrei accelerare i tempi di sviluppo fino a pochi mesi» rispose Cannister. Allora a Gremy vennero in mente parecchie applicazioni che poteva avere quel transfiguratore, e a vari utilizzi che poteva fare in missione. Ma Cannister non glielo avrebbe prestato facilmente, se non in cambio di qualcosa, allora a

Gremy venne in mente una idea.

«Cannister, se mi prestassi il tuo transfiguratore potrei in pochi giorni effettuare due o tre test su alcuni soggetti Mattisteriani femminili e riportartelo insieme ai tuoi dati, questo faciliterebbe le ricerche giusto?» – le solite soluzioni di Gremy, domande alle quali è difficile dire di no - «Beh» disse Cannister «sicuro, questo velocizzerebbe di molto le ricerche. Ma devi stare molto attento, si tratta di un prototipo ed è ancora molto pericoloso. Inoltre, dovrò fornirti almeno tre-quattro forniture di fluido vitale, per evitare che durante l'utilizzo qualcuno si faccia male! e mi raccomando, massimo 40 minuti di utilizzo per stare sicuri. A 50 minuti la soglia di sicurezza è già superata e oltre i 70 minuti non sono certo di cosa potrebbe succedere a livello molecolare e strutturale» sentenziò Cannister. «ok affare fatto, ti porto i dati entro massimo una settimana e tu mi presti il configuratore» disse contento Gremy.

Intanto Baldok aveva smontato il tutto e si era seduto un attimo con il viso ed una smorfia di affaticamento, probabilmente dovuta all' azione dei fluidi che stavano facendo effetto. Disse a Gremy di aspettarlo in salotto un paio di minuti, aveva bisogno soltanto di un attimo per riprendersi dallo shock tossico delle sostanze adoperate per l'utilizzo del transfiguratore quantico. Gremy tornò in maniera accondiscendente in salotto, sedendosi nuovamente sul divano e chiedendo ad alta voce «Ma questi cocktail sono sicuri? con cosa sono preparati? » - Cannister rispose sempre con la sua voce sibilante, a basso volume ma stridula che quasi sembrava in grado di oltrepassare pareti ed ostacoli - «Si certo che sono sicuri! sono un mix di Glaciascona e sangue di Vellena rampicante» – «sono un ottimo corroborante».

Gremy prese i contenitori offerti dal robot e aspettò il suo amico Cannister, che arrivò subito dopo. Si sederono insieme, e Gremy chiese che fine avesse fatto sua moglie, o quella che sarebbe dovuta diventare sua moglie, conosciuta più di dieci anni fa. Cannister rispose un po' tristemente, dicendo che purtroppo era emigrata sulla colonia della quarta luna di Mattistero e tornava sul pianeta madre solo sporadicamente e mediamente ogni cinque anni. Una storia triste.

Cannister poi invece chiese a Gremy cosa portasse nella valigetta che aveva sempre con sé, e Gremy naturalmente rispose che al suo interno vi era un pezzo di coperta rigenerante.

«Ah, la coperta rigenerante!» Esclamo Cannister... È stata una delle mie prime invenzioni, negli anni dell'università. Un esponente imperiale un giorno venne da me, e per tantissimi crediti sufficienti a finanziare tutte le mie ricerche anche negli anni futuri, la acquistò! Fu uno dei miei migliori affari!» – «Bene!» Rispose Gremy «allora sapresti anche come ripararla? Attualmente la sua rigenerazione è pari a zero perché il tessuto di balena blu si è esaurito» – «Mi spiace deluderti Gremy, ma purtroppo ciò non è possibile. Il prototipo di coperta rigenerante era un sistema completo composto da un generatore, la coperta rigenerante, il sistema di aggancio con i tessuti ed una intelligenza artificiale che gestiva tutti gli elementi» – sentenziò Cannister – «Quello che vedo qui è solamente un pezzo del tessuto di aggancio ed un pezzo della coperta, mancherebbero tutti gli altri elementi, quindi non è possibile sistemare tutto poiché gli elementi si equilibravano tra di loro e fornivano un sistema stabile autosufficiente» – «capisco» disse Gremy, « ma purtroppo ora a disposizione ho solo queste cose, quindi dovrò procurarmi dell' altro tessuto di balena blu» – «Ma dove hai preso questa attrezzatura?» Chiese incuriosito Cannister.

Gremy gli rispose tranquillamente, tanto sapeva che il suo amico Baldok a differenza del fratello, era un tipo solitario a cui piaceva raccogliere i segreti, così come raccoglieva oggetti e progetti per le sue invenzioni. «l'ho rubata in ospedale militare, poco prima che mi arrestassero per qualcosa che non ho commesso e che non ricordo di aver fatto» – «Va bene, ti capisco perfettamente.» Rispose Cannister con accondiscendenza e comprensione «io più volte ho avuto a che fare con i militari e i funzionari imperiali, a volte è meglio fuggire dalle loro grinfie, perché spesso solo per perseguire i loro fini o mantenere il loro status ti stritolano senza nessun dispiacere, quindi hai fatto bene per quanto mi riguarda!» – poi prese il bicchiere mezzo vuoto con il suo cocktail di Glaciascona e Vellena, e disse «Facciamo un brindisi alla faccia dei militari!» ed insieme brindarono. Poi Cannister propose anche il fatto che poteva tenere il transfiguratore quantico anche per più di una settimana, poiché poteva essergli d'aiuto nella sua situazione, dato che i militari lo stavano cercando. Ovviamente prima Gremy gli avesse portato i dati, prima l'arma avrebbe potuto essere migliorata e perfezionata.

Ormai si era fatto tardi, e Cannister propose a Gremy di dormire a casa sua, dato che il letto principale della casa non lo usava da mesi, lui era solito lavorare fino a tardi e di solito si appisolava in un letto di fortuna nel capannone adiacente. Tipico di un inventore.

Così Gremy ringraziò la mente eccelsa dei fratelli Baldok, e rimase con molto piacere dato che probabilmente il giorno successivo avrebbe dovuto incontrare il fratello Marter.

Si sdraiò soddisfatto sul piccolo letto del Dottor Cannister.

Non c'era stato bisogno nemmeno di spegnere la sveglia del minicomputer portatile installato sul braccio, poiché Gremy quella mattina si svegliò – «Sbem! Sbem!» – udendo forti rumori provenire dal capannone. Sicuramente Cannister stava combinando qualche altra cosa delle sue. Fortunatamente Gremy quella notte non aveva avuto incubi, e quindi si sentiva riposato e mentalmente un po' più lucido.

Si alzò dal letto e controllò la mappa che le aveva fatto disegnare Amina, la chiavetta di memoria presa dalla sua navicella, la tessera anonima dei crediti, ed anche la valigetta con la coperta rigenerante e il transfiguratore quantico. Non mancava nulla!

Questa cosa lo confortò, in quanto le cose sembravano sotto il suo controllo almeno per questa volta, e per lo meno non erano apparsi alla vista nuovi e strani elementi, come spesso gli succedeva. All'improvviso il suo minicomputer portatile ricevette una chiamata olografica. Gremy rispose tranquillamente, dall' altro capo della chiamata c'era Amina.

«Tutto bene Gremy? Ero preoccupata per te! oggi sono tornata dal mio turno di lavoro e non ti ho trovato, non ho avuto neanche tue notizie nemmeno un messaggio, così ero molto preoccupata» - «tranquilla Amina, va tutto bene. Sono solamente venuto a Molonia a trovare un paio di vecchi amici. Ma io non ti avevo dato l'identificativo per potermi chiamare, come hai fatto a chiamarmi tu?» chiese Gremy un tantino preoccupato – «oh ho utilizzato un po' di dati, avevi lasciato alcune scritture qui a casa, una chiave di memoria con dentro alcune informazioni parziali, c'erano le immagini presenti nel sistema di sicurezza della casa. Ho dato tutto in pasto alla mia intelligenza artificiale, che in base a queste tracce ha scansionato tutto il sistema e dopo circa tre ore ha rilevato la tua posizione e mi ha fornito il tuo identificativo per chiamarti». «oh no!» pensò Gremy. «non dovevi usare l'intelligenza artificiale per le ricerche. Non hai pensato che l'AI è connessa con tutti i sistemi di raccolta dati presenti su questo pianeta? Ora purtroppo non sono più al sicuro. Non posso parlare attraverso questa linea. La montagna è dura quando la neve scende copiosa.» – «Ah, va bene Gremy, ho capito. Il torrente porta sempre l'acqua al mare.» Stavano parlando in codice, un codice creato quando da giovani giocavano insieme, e dovevano scambiarsi messaggi ed informazioni in presenza della sorella e di altre persone che non dovevano capire. In pratica Gremy gli aveva detto che non poteva stare più da Cannister, poiché era stato scoperto e che sarebbe tornato presto a casa di Amina per rimanere al sicuro. Doveva anche in qualche modo cambiare il suo identificativo nel mini pc portatile. Gremy quindi si spostò direttamente nel capannone utilizzato da Cannister.

«Cannister, ti posso pagare anche molto bene, ma ho bisogno che al più presto tu cambi l'identificativo presente nel mio minicomputer portatile. Questo che ho non è più sicuro, sicuramente i militari staranno sulle mie tracce» chiese Gremy ad un Cannister che era intento a montare qualcosa di strano su un aggeggio formato da tantissime sbarre collegate tra di loro. «Oh, l'identificativo, certo… qui da qualche parte dovrei avere un altro minicomputer portatile, possiamo sostituirlo così avrai un nuovo identificativo nel giro di pochi minuti. Questo nuovo identificativo non sarà presente nei sistemi planetari, quindi ci vorrà sicuramente molto tempo finché riusciranno a trovare l'errore e capire che si tratta di te. Lasciami il pc qui un attimo, ci impiego massimo dieci minuti» e quindi Gremy si tolse subito il suo mini pc portatile dal braccio. Nel frattempo, diede una occhiata anche fugace alle sue gambe, che purtroppo erano ancora un po' malconce ed in condizioni stazionarie. Fece un giro attorno ad uno scaffale, su cui erano riposti dei vecchi caschi con visore utilizzati per localizzare e puntare obiettivi, ed anche un curioso scatolone composto da altri scatoloni che a sua volta erano composti da altri scatoloni, tutti ovviamente di forma esagonale e molto ma molto impolverati. La polvere di cobalto blu era dappertutto, ed assorbiva la già poca luce che proveniva dai diffusori presenti nel capannone.

«Ecco qua, è pronto con un nuovo identificativo!» Gridò Cannister, con la sua vocina stridula, facendo quasi sobbalzare Gremy. «Ah, benissimo» disse Gremy, tornando verso il vecchio bancone di lavoro e trovando Cannister che gli consegnava il mini pc portatile aggiornato nelle sue mani.

«Ho aggiunto anche qualche miglioria, nel caso che tu voglia utilizzare il transfiguratore quantico o la coperta rigenerante. Ora entrambe queste funzioni possono essere gestite dal tuo mini pc portatile che potrò aiutarti a gestire le iniezioni di liquido vitale per il transfiguratore ed i carichi di energia del generatore per migliorare l'efficienza della coperta rigenerante». «Caspita, che bello avere un genio come amico» pensò Gremy.

Una delle caratteristiche di un genio, è che quello che fa lo fa anche per gli altri e non solo per sé stesso. E questa qualità piaceva tanto a Gremy.

Ora però sapeva che aveva soltanto pochi minuti, prima che qualcosa di storto potesse succedere, il suo istinto di tecnico incursore glielo suggeriva. Salutò Baldok Cannister con un fortissimo abbraccio e la promessa di rivedersi presto, prese tutte le sue cose ed immediatamente scollegando il suo mini pc portatile ed utilizzando la sua tessera anonima dei crediti uscì dall' abitazione e chiamò un eliotaxi.

Si sforzò di apparire come un uomo d'affari, con la sua nuova divisa che aveva acquistato il giorno prima. L'eliotaxi atterrò qualche metro vicino alla cupola abitativa di Cannister, e Gremy salì a bordo. L'autista dell'eliotaxi impostò la rotta e l'eliotaxi prese il volo, proprio nel momento in cui Gremy dall' alto vedeva che ad un isolato di distanza un mezzo terrestre aveva fatto uscire alcuni soldati che si stavano mettendo in posizione. Inoltre, un altro velivolo militare stava atterrando proprio a fianco della cupola di Cannister.

Si trattava di una incursione militare in piena regola, protocollo standard. Ancora qualche minuto in quella casa e sarebbe finito in prigione per un tempo indefinito!! L'aveva scampata bella anche stavolta. Con un finto identificativo per giunta anche scollegato, una nuova divisa ed un nuovo aspetto sarebbe stato molto difficile identificarlo nuovamente, per cui al momento poteva stare abbastanza tranquillo.

La sua meta temporanea era il porto di Molonia, anche se la sua testa iniziava nuovamente a farfugliare e ad essere ingombra di domande. «Se solo avessi avuto più tempo, avrei potuto chiedere consigli a Cannister» si disse rammaricato.

Aveva un sacco di domande sui cristalli, sugli Antichi Mattisteriani, sullo spazio-tempo, ed anche su quello strano dispositivo che aveva l'alieno umanoide con sé sulla navicella. E poi, come aveva fatto a prendere la scheda di memoria della nave, se non si ricordava di averlo fatto? Cosa era successo esattamente?

«Signore, mi scusi. Signore? volevo informarla che siamo arrivati a destinazione. Sono 27 crediti» disse l'autista riportando l'attenzione di Gremy nell' ambiente del presente. «ok tenga» e Gremy porse la tessera con cui fare la transazione, e poi ritirando la tessera subito dopo prese il suo foglio digitale ripiegato con la mappa e scese dall' eliotaxi.

Il mare oggi era un po' agitato, si udivano le onde infrangersi sulle barriere del porto galleggiante. Aggiunse alla sua mappa degli avvenimenti, anche il ritorno nella casa di Amina ed il contatto con il cristallo avvenuto nel suo «risveglio». C'erano ancora delle cose poco chiare.

Si incontrò come pattuito con Baldok Marter, che gli portò una immagine di un ufficiale governativo di Skater Tempuri, doveva essere un membro della commissione finanziaria.

Così Gremy assunse le sue sembianze, dando fondo a tutte le sue energie (che erano basse per via delle lesioni alle gambe e alla zona inferiore del suo corpo) ed andarono insieme nei magazzini per combinare il falso acquisto della Balena blu.

«questa carne di balena è uno degli ultimi pezzi» disse il magazziniere capo con i suoi quattro occhi che lasciavano trasparire tutta la sua cupidigia - «abbiamo fatto molta fatica a trovarli, e siamo pieni di richieste per questo tipo di carne rara» - e i suoi occhi anche quelli bassi, sogghignavano e aspiravano crediti come fossero state lacrime – «Purtroppo il prezzo è aumentato, il costo è di 4500 crediti», disse avidamente il magazziniere capo, mentre Marter stava andando su tutte le furie. «Spoldok, porca balenottera, ieri mi avevi parlato di 3000 crediti» tuonò Marter avvicinandosi minacciosamente al magazziniere che invece sembrava molto convinto e deciso a portare avanti la trattativa. «Io …» stava per agire Marter, quando Gremy lo interruppe e con un gesto del braccio lo spinse leggermente indietro dicendo «Marter non preoccuparti, non è un problema. Pagherò questi 4500 crediti.» Mentre con l'altra mano porgeva la tessera per effettuare il pagamento. Il magazziniere capo sghignazzava tra sé e sé, e prese i soldi probabilmente pensando di averli fregati e di aver concluso un affare migliore. Marter stava tremando dalla rabbia, e se non ci fosse stato Gremy sarebbe finita in una discussione molto accesa e fisicamente distruttiva.

Ma Gremy pagò ed il capo magazziniere gli fornì i quattro chili di carne di balena blu come pattuito. Gli occhi del capo magazziniere erano elettrici, gli piaceva fare affari con il governo, pensava che loro fossero dei polli con i crediti da spennare ben bene!

Non aveva la minima idea di come funzionassero le cose, e per quali scopi il governo acquistava la carne di balena blu presso di loro, l'unico interesse che aveva era quello di ammucchiare crediti nel suo conto personale.

Ovviamente non sapeva della coperta rigenerante di Gremy, e del fatto che i figli dei poveri pescatori spesso morivano banalmente per comuni malattie o incidenti, mentre in realtà potevano essere curati, come venivano curati i figli dei funzionali imperiali o dei rappresentanti di più alto rango di Skater Tempuri.

Ma il capo magazziniere era solo intento al suo traffico, e questo Gremy lo aveva intuito sin dal primo momento.

«Se solo questa gente potesse conoscere la verità!» pensò Gremy, travestito da alto funzionario della commissione finanziaria mentre inseriva in valigia la carne di balena blu – «probabilmente smetterebbe di pensare solo ai crediti», ma mentre faceva questo, un altro piccolo magazziniere proveniente da un altro reparto aveva urtato Marter con delle casse in maniera molto disattenta.

Ne era nata una accesa discussione, e alla fine Marter prese il magazziniere e lo batté contro una cassa contenente chissà cosa. Marter era ancora arrabbiato perché non era riuscito a suo modo ad aiutare Gremy, quindi iniziarono ad urlare «Devi stare più attento! Sei un manigoldo sbadato!!» gridava Marter mentre il piccolo magazziniere si era fatto ancora più piccolo e mugolava «scusi… mi scusi… ma io…» – «Voi piccoli scapestrati, pensate solamente a fregare il prossimo e ad ammucchiare crediti nei vostri conti!! Non fate attenzione a nient'altro!» e sbattè violentemente il piccolo magazziniere su una seconda cassa di materiale, e poi si rivolse verso il capo magazziniere continuando ad urlare «Nemmeno rispettate gli accordi!! Ma io sono stufo!! ora le consegne dalla prossima settimana saranno dimezzate, così imparate ad essere più Mattisteriani d'onore!!» e mentre urlava questo, il suo pugno aveva assunto la forma di uno stiletto e lo puntava dritto verso la testa del magazziniere capo, quando Gremy si mise in mezzo e disse «Abbiamo pagato ed andiamocene, il consiglio finanziario sta attendendo sig. Marter, mi accompagni gentilmente alla mia elionave» e così facendo, prese il braccio di Marter e lo invitò ad abbassarlo, e Marter mugugnando lo fece ed insieme si voltarono per andare via, ed evitare di fare saltare la copertura.

Ora finalmente Gremy aveva i pezzi di balena blu necessari per continuare il suo trattamento di ricostruzione alle gambe.

Quella sera andarono a fare bisboccia al bar del porto, bevendo a più non posso Glaciascona in tutte le maniere e si divertirono a non finire! Poi Gremy tornò all' Hyperloop e fece ritorno a Skater Tempuri, nel quartiere 12 a casa di Amina.

Quella notte fu abbastanza agitata, forse anche a causa dell'enorme quantità di Glaciascona ingerita e della stanchezza raccolta in quel tour di due giorni presso Molonia.

Così Gremy si addormentò, ma quella sera aveva i soliti incubi. C'era anche il cristallo, poggiato sulla libreria dove Amina conservava alcuni suoi amuleti e bizzarrie provenienti dai posti più disparati.

Già il cristallo, come quello azzurro che aveva trovato nella rotta tra Alfa Centauri e il sistema solare 459, lo aveva già visto altre volte.

«capitano Garaway, sul ponte di comando non riusciamo a tracciare una rotta lineare verso il sistema 459, sembrano esserci degli imprevisti che ci impediscono la navigazione» – era l'ufficiale in seconda della navicella, che stava cercando di fare ritorno da Alfa Centauri. Gremy era vicino alla stiva, nella seconda saletta, mentre stava utilizzando il traduttore incorporato al suo mini computer portatile per comunicare con l'alieno umanoide trovato su Alfa Centauri.

«Grazie Ufficiale Mariner, intanto provate a trovare una rotta alternativa magari utilizzando qualche pianeta vicino come fionda gravitazionale, tra qualche minuto arriverò io a supervedere la situazione» disse Gremy congedando così l'ufficiale.

Il traduttore intanto sul suo braccio stava fornendo informazioni davvero pazzesche, ai limiti dell' incredibile, tant'è che Gremy non sapeva se erano realmente le comunicazioni dell' umanoide oppure se si trattava di errori del dispositivo. Gremy schiacciò nuovamente il tasto ripeti per ricomprendere nuovamente e meglio quella dannata comunicazione.

«Ripeto, sono l'ufficiale Matthew della flotta spaziale terrestre, specializzato in ingegneria aerospaziale e tecniche di controspionaggio. Probabilmente facciamo tutti e due lo stesso lavoro. Mi trovavo su alfa Centauri per delle ricerche, la nostra intelligence ha rilevato la presenza di una probabile arma aliena sul posto, ritrovata durante gli scavi nelle miniere di magnesio.

Io ero stato incaricato dal mio governo sul suo recupero e messa in sicurezza, tuttavia la mia operazione è stata rovinata dalla inaspettata rivoluzione armata di alcuni gruppi di minatori della vostra razza, che hanno reso sia difficile il recupero del manufatto sia la fuga mentre arrivavano sul posto alcuni vostri soldati. Comunque ti ringrazio per avermi tratto in salvo e per averci aiutato a prendere questo manufatto»

Gremy non aveva la minima idea di cosa fosse questa arma e questo manufatto, vedeva solamente una sorta di braccio robotico con al centro della mano incastonato un grosso cristallo rosso, ed una serie di pulsanti e sistemi di controllo rudimentali. Il braccio era inserito nel braccio sinistro dell'alieno umanoide, che diceva di chiamarsi Matthew.

Così l'unico modo per venire fuori da quella storia, era provare a continuare la comunicazione con quell' umanoide, utilizzando sempre quello scarso traduttore elettronico. Così Gremy nervosamente premette alcuni tasti sul suo mini pc portatile.

«va bene Ufficiale Matthew. Io sono Garaway Anatom, ufficiale tecnico incursore della flotta di Mattistero e comandante di questa navicella. La nostra missione era quella di raccogliere informazioni sui rivoltosi e sulla rivolta in atto su Alfa Centauri, missione che doveva svolgersi in orbita sul pianeta. Purtroppo, invece siamo dovuti atterrare, perché la presenza di una nave aliena da combattimento aveva preso le nostre misure ed era pronta ad un ingaggio con la nostra navicella da esplorazione. Così come comandante ho deciso di atterrare e di raccogliere le informazioni sui rivoltosi direttamente nelle miniere, là dove ci siamo incontrati e dopo lo scontro con alcuni soldati Mattisteriani di classe 4, là dove abbiamo deciso di fuggire insieme» – Gremy aveva fatto un piccolo riassunto per chiarire le cose – «Quindi tu ora sei in possesso di questo manufatto, giusto? La nave aliena che ha tentato di attaccarci in orbita su Alfa Centauri, era una vostra nave? Come mai era lì? A che cosa serve il manufatto?» - Gremy aveva fretta di avere tutte le risposte.

«Garaway» rispose l'ufficiale umanoide Matthew «Io non so nulla di quella nave. La mia missione faceva parte di una missione sotto copertura, per cui nemmeno i governi ufficiali sapevano che io ero qui a raccogliere questo manufatto. Non so di che nave parli. Ad ogni modo ho il manufatto qui con me, ed ho il compito di proteggerlo a costo della mia stessa vita. A quanto pare è un'arma molto potente, in grado se propriamente controllata, di gestire lo spazio-tempo e le energie relative in maniera molto efficace. Tuttavia, sembra però che nessuno riesca a farlo, e per questo motivo il mio governo mi ha incaricato di investigare sulla cosa e di raccogliere e proteggere il manufatto. Ti sto fornendo delle informazioni riservate, ma vedo che tu saprai bene cosa farne, dato che anche tu sei un ufficiale di rango. Faccio questo per evitare incomprensioni e per evitare che noi due ci ammazziamo a vicenda» – questa era la risposta dal traduttore che Matthew aveva fornito a Gremy, che era ancora molto pensieroso. C'erano tante cose poco chiare e poco conosciute. «ok Matthew, per il momento ti lascio in questa stanza di sicurezza, ci rivediamo tra qualche minuto» lo congedò Gremy, preoccupato anche per quanto riguarda la questione della rotta e come promesso tornò sul ponte di comando.

«ufficiale Mariner, mi può fornire la stima della situazione?» - chiese Gremy appena arrivato – «sissignore. Siamo dovuti uscire dall' orbita di Alfa centauri a causa della nave nemica, ed ora orbitiamo ad una distanza pari a circa 10 parsec (circa 10000 Km) e siamo fuori da potenziali radar nemici. Tuttavia, data la nostra lontananza, non riusciamo a prefissare una rotta verso il sistema sole 459, che lei ci aveva chiesto di impostare come prossima tappa.» – «Bene Mariner. Qual è il problema con la rotta allora?» – «Una rotta lineare è impossibile, perché vi è un vasto sistema di asteroidi subito dopo alfa centauri che è molto esteso e renderebbe il passaggio attraverso di esso molto rischioso per i sistemi della nave. Non abbiamo pianeti vicini su cui effettuare una fionda gravitazionale e magari evitare il campo di asteroidi, quindi non abbiamo trovato soluzioni a questo» – «Capito Mariner. Attivare il radar olografico e visualizzare posizione della nave e degli obiettivi vicini» – Gremy decise di trovare una soluzione alternativa che consisteva in una operazione molto rischiosa. Tornare indietro a tutta velocità verso Alfa Centauri, ignorando il pericolo della nave aliena. La nave aliena avrebbe avuto molto poco tempo per attaccare, e sarebbe stata colta di sorpresa da una mossa azzardata del genere.

Poi la nave avrebbe dovuto utilizzare Alfa Centauri come fionda gravitazionale, per aumentare la velocità e modificare la rotta verso la parte esterna laterale della fascia di asteroidi.

La nave sarebbe passata a tutta velocità in mezzo agli asteroidi, ma solo nella parte periferica e laterale della fascia, riducendo quindi i rischi di eventuali impatti.

Successivamente, sulla stessa rotta, avrebbe utilizzato un pianeta vicino a Bettlejuice come seconda fionda gravitazionale, per aumentare ancora la velocità fino al sole 459.

Questo era il piano e sembrava buono.

La velocità ultraluce era sconsigliata al momento, e Gremy riteneva vantaggioso utilizzarla solo per il viaggio di ritorno a Mattistero, questo poiché le loro scorte di energia si stavano esaurendo.

Il piccolo nucleo di iridio che forniva l'energia ai propulsori ultraluce, era in esaurimento e non sarebbe bastato per entrambi i viaggi sia di andata che di ritorno.

«Mariner, faremo in questo modo, aggiorna i diari di bordo e i comandi della nave. Rotta alla massima velocità versò alfa Centauri, poi fionda verso il lato della fascia di asteroidi con destinazione Bettlejuice, poi ulteriore fionda a curvare verso il sole 459. E speriamo di essere fortunati» – Gremy era soddisfatto anche se un po' preoccupato, soprattutto per attraversare la fascia di asteroidi. Poi all' improvviso scattò l'allarme, tutti iniziarono a correre da tutte le parti e ci fu un «Booom!» una grossissima esplosione.

O forse era prima? cosa stava succedendo? «Booom!» tutti i pezzi della nave erano sparsi in condizione di assenza di gravità. la nave dove era finita? Le gambe di Gremy non si muovevano più... «Booom!» Gremy era caduto per terra, e Matthew sembrava essere scomparso... c'era il suo liquido rosso sparso dappertutto ed un frammento del cristallo che aveva sul braccio era per terra... Gremy stava per morire....

«Sbam!» Gremy aprì gli occhi, il manuale sulle antiche razze Mattisteriane era caduto ai bordi del letto. «Caspita, che incubo! E come era veritiero!» pensò. Raccolse subito il libro da terra e guardò velocemente in giro per la stanza. La luce iniziava ad essere riflessa da Ganimede e quindi fuori dalla finestra iniziava lo spettacolo di ogni mattina, con Skater Tempuri suddivisa in due parti, una illuminata ed una zona in ombra. E vicino alla zona d'ombra, c'era la cupola temporale che proteggeva la parte vecchia e che dava ancora più spettacolo, facendo rifrangere la luce in una sorta di fioca nebbiolina.

«sarà meglio controllare la coperta rigenerante» si disse Gremy, ed iniziò a verificare lo stato della sua coperta alla quale aveva sostituito circa tre-quattro esagoni il giorno prima.

La coperta, seppure poco alimentata funzionava molto meglio grazie all' aiuto dato da Cannister. Ora i livelli di efficienza erano quasi pari a quelli dell'ospedale militare, infatti le sue gambe stavano molto molto meglio, in alcuni punti riusciva a controllarle molto bene ed il suo tessuto connettivo iniziava a riprendersi e a consentirgli di cambiare forma.

Le cose parevano andare per il verso giusto finalmente. Gremy si alzò e fece colazione. Fece molta attenzione a tirare fuori dalla tasca la sua mappa digitale ripiegata, sulla quale aggiunse alcuni appunti derivanti dal suo incubo ricorrente.

CAPITOLO TERZO - il furto diplomatico

Quella mattina Gremy mentre fece colazione, riprese la sua mappa digitale e questa volta aggiunse particolari sull' attacco della nave aliena, e su Matthew l'umanoide che aveva ritrovato e raccolto un antico manufatto. Posizionò tale cosa nel passato, tracciando una linea precisa sugli avvenimenti all' interno della sua mappa. «meglio così» si disse, «perché la mia testa ogni tanto diventa come un frullatore dove passato, presente e futuro si mescolano tutti insieme rischiando di farmi impazzire». Nel frattempo, il suo mini pc portatile si illuminò portando alla sua attenzione la notifica di ricezione di un messaggio.

Si trattava di un messaggio audio da parte di Amina. «Gremy, c'è qualcosa di strano qui. Da quando sono arrivata in fabbrica per il mio turno di lavoro, a quando sono uscita, ho incontrato a sempre una stessa navemobile di colore scuro che pare mi stia seguendo. Ora sono uscita e non sto facendo sempre il solito percorso per tornare a casa, ma la navemobile sono sicura mi stia seguendo... io... ecco... non so che fare... ho paura di andare a finire nei pasticci...» E poi il messaggio audio terminava bruscamente.

«Mi staranno cercando per arrestarmi» pensò Gremy, «perché probabilmente avrò rischiato di mettere nei guai qualcuno ma non so chi sia e che cosa io abbia mai fatto». Quindi smontò la sua coperta rigenerante e la mise nei vari scomparti della sua divisa. Anche se sembrava goffo, quell' attrezzatura gli era molto utile.

Prese anche il transfiguratore quantico e varie dosi di fluido vitale perché aveva in mente un altro piano. Non poteva aspettare che qualcuno si presentasse a casa con le guardie per arrestarlo. Doveva scoprire perché e chi gli stesse dando la caccia e chi probabilmente stesse cercando anche di incastrarlo. Doveva essere qualcosa di grosso, dato l'elevato numero di personale utilizzato per dargli la caccia.

Qual era il piano? Travestirsi da ufficiale finanziario ed entrare nella città vecchia, per poi fare una piccola investigazione nel palazzo militare per scoprire almeno chi lo stava cercando e perché. Era una missione molto impegnativa e rischiosa ma non aveva scelta.

Nel frattempo un po' alla volta i ricordi stavano iniziando ad affiorare nella sua mente, come quello di Matthew che amichevolmente gli diceva «Amico mio, non lasciarmi di nuovo nella stanza di quarantena della nave! Mi stai trattando come un ospite, che come diciamo noi diventa come il pesce, dopo tre giorni puzza!» e quella frase scherzosa ed un poco incomprensibile lo colpì molto, perché su Mattistero quando vengono uccise le grandi balene e rimangono le loro interiora, quelle sì che dopo alcuni giorni puzzano! E fanno un odore talmente forte che gli operai addetti alla macellazione sono obbligati ad indossare delle mascherine per evitare di stare male.

Quella frase così carica di significato e detta in maniera scherzosa, si impresse con forza nella mente di Gremy.

Matthew lo aveva trattato come un amico, e lui inizialmente lo aveva trattato come un prigioniero... ma poi... non si ricordava ma aveva il sentore che fosse accaduto qualcosa dopo il loro arrivo sul sistema solare 459. Ma al momento non c'era tempo per ripensare al passato, doveva agire, ed anche in fretta!

Così spedì un messaggio audio ad Amina «Amina non preoccuparti, presto tutto finirà. Grazie per la tua ospitalità. Ora devo andare via per evitare di coinvolgerti troppo in questa storia. Sicuramente tra qualche giorno quei tizi in navemobile smetteranno di seguirti perché sapranno che io non sarò qui presente. Per un po' non chiamarmi e non scrivermi più, tutte le comunicazioni potrebbero essere intercettate. Ti ringrazio ancora tanto, e ti voglio molto bene. Un giorno o l'altro vedrò di ricompensarti adeguatamente per quello che hai sempre fatto per me. Un caro saluto» e chiuse il messaggio audio.

Prese il suo armamentario e la prima cosa che doveva procurarsi era un pass governativo per Skater Tempuri. E dove poteva trovarlo? Facile, alla mensa ufficiali della base alfa, dove spesso gli ufficiali governativi si recavano per interfacciarsi con le faccende militari.

Arrivato sulla strada d'ingresso, si sentì leggermente intontito come se non conoscesse l'esatto tempo in cui fossero avvenuti quegli avvenimenti. Non c'era nessuno vicino a lui, quindi non poteva copiare l'identità di nessuno nei paraggi. Allora decise di assumere l'identità dell'impiegato finanziario di Skater Tempuri, quello che aveva acquistato la carne di balena blu di contrabbando! Aveva anche una scusa, la chiavetta del diario di bordo della sua nave. Era materiale "classificato" ed i normali soldati non avevano accesso a tali informazioni, era quindi la scusa perfetta. Lui era un impiegato finanziario che doveva portare all' alto comando delle informazioni classificate. Tutto perfetto!

Arrivò di gran carriera presso l'ingresso della base alfa, superò agilmente i primi 4 soldati pesantemente armati, arrivò al secondo ingresso presidiato da altri quattro soldati, e finalmente si presentò al posto di guardia. C'era una vecchia guardia un po' assonnata, ma con una espressione severa che esaminava attentamente tutti i documenti che gli venivano posti. «D.. d...dunque vediamo.... L..L..Lei si chiama Squattrinov Belteger... Ufficiale del rr. Rr. Rrendiconto finanziario di Skater T...T...Tempuri» – molto raro che un balbuziente venga assegnato ad un posto pubblico pensò Gremy – «ed è venuto a consegnare dei d..d...d...documenti classificati corretto? Posso vederli?» – Gremy si fece molto serio nel recitare la parte e confermò «Lei non sarebbe autorizzato a farlo. Comunque le posso mostrare la documentazione che ho ed è qui. L'alto comando sta aspettando con urgenza queste informazioni che devono essere recapitate al più presto.» e porse la chiavetta al povero ufficiale di guardia «Un attimo...» rispose la guardia, e mise nell' apposito lettore la chiavetta e quindi provò a leggerla, ma gli comparvero dei messaggi di errore e di mancata decodifica del materiale. Si trattava di materiale classificato. «Lei dov..dov..dov...dovrebbe avere anche una richiesta formale per incontrare l'alto com..com..comando» ripeté la guardia ufficiale... «Senta» rispose risoluto Gremy «Per motivi di sicurezza non sono tenuto a dire a chi vadano queste informazioni riservate. È della massima urgenza che vengano consegnate immediatamente e di persona da me, quindi la prego di non ostacolare lo svolgimento di questa operazione. Altrimenti sarà costretto ad informare l'alto comando di questo ostruzionismo» – questa tattica funzionava sempre con i militari. Rispondere tono a tono era la scelta migliore. «Va bene, può passare. Ecco il suo lasciapassare» e diede a Gremy una tessera con i codici di autorizzazione temporanei per l'accesso alla base. «Grazie signore» rispose Gremy, ed entrò frettolosamente nella base.

Era stato abbastanza facile fino ad ora. Il prossimo obiettivo era quindi la mensa ufficiali, dove avrebbe dovuto cercare e rubare un lasciapassare per Skater Tempuri.

Senza il lasciapassare non sarebbe potuto entrare nella città vecchia, avrebbe rischiato di morire congelato e sicuramente avrebbe soltanto intravisto la città futura senza entrarci. Il lasciapassare era l'unica chiave al momento.

Si diresse verso la mensa ufficiali, ma allo stesso tempo era tentato ad andare nella direzione opposta a cercare la sua nave, che si trovava negli hangar delle attrezzature sequestrate. Ma non ci era già stato? Era un po' confuso perché non si ricordava bene, ma aveva la scheda di memoria del computer di bordo, quindi doveva esserci stato. Gli incidenti sono davvero una brutta faccenda. Ora doveva entrare nella mensa ufficiali e lo fece in grande stile, come lo farebbe un ufficiale finanziario.

Entrò con fierezza dall' ingresso principale, mentre un paio di militari erano seduti alla sua sinistra a gridare e sbeffeggiare «Sì. Non aveva il fegato di prendere quel cavolo di fucile termoionico e puntarglielo addosso... noi lo spingevamo in tutte le maniere ma lui proprio non lo faceva! Il capitano glielo ripeteva...» – «Sì sì» rispose il suo compagno sghignazzando «è proprio un pappamolla codardo, se ci trovassimo in un attacco ci creerebbe un sacco di guai» – stavano sparlando di qualcuno, quindi probabilmente erano degli studenti dell'accademia o dei soldati semplici per cui non rappresentavano un obiettivo.

Gremy, quindi, avanzò osservando molto bene i personaggi intorno e cercando un ufficiale da qualche parte. In lontananza, mentre si muovevano lentamente, vi erano due Mattisteriani vestiti con divise molto eleganti. Uno di loro si era appena alzato e si era commiatato con il suo compagno. Le loro divise avevano delle mostrine dorate,

93

segno di alto rango e della provenienza dalla città vecchia. «Sicuramente uno di loro avrà un lasciapassare» pensò Gremy avvicinandosi al suo obiettivo. Si sedete di fronte all' ufficiale e leggermente defilato con fare abbastanza noncurante ma rispettoso. Era l'atteggiamento giusto da tenere in quella circostanza.

«Buongiorno» salutò con educazione «Buongiorno sig.?» rispose l'altro ufficiale con interesse – «Oh, rispose Gremy, Beltemer Squattrimov, ufficiale revisore del dipartimento finanziario di Skater Tempuri, molto piacere» – «Piacere mio, sono Angelih Marsoc, membro del consiglio di gestione cittadina incaricato delle risorse territoriali» – aggiunse – «qualche volta ci siamo incontrati mi pare da qualche parte» – «sì è molto probabile» rispose Gremy cercando di essere elusivo. Inoltre, sapeva che per non essere scoperto, era meglio tenere le redini del gioco, e quindi iniziò lui a fare domande. «e che cosa ti porta qui Angelih?» – «Oh» rispose «una formale disputa territoriale, la base vorrebbe aumentare lo spazio a disposizione per la gestione delle sue truppe, ma non potrebbe sconfinare ad Est poiché ci sarebbe la cupola di Skater Tempuri a fare da barriera. La base vorrebbe andare quindi ad Ovest, ma lì abbiamo una completa zona residenziale che dovrebbe essere spostata in un altro posto, con un notevole dispendio finanziario» – e mentre lo diceva, i suoi occhi gialloverdi, specialmente i due occhi inferiori sorridevano – «ma caro Beltemer, tu sicuramente sarai informato sulla faccenda, come revisore del dipartimento finanziario» – «si certo» improvvisò Gremy «ne avevo sentito parlare, in ufficio tutti avevano qualcosa da dire su questo» – risposte vaghe e generiche – «ovviamente le risorse della città non sono infinite, occorre amministrarle con parsimonia» – un'altra vaga affermazione – «eh caro Beltemer, i militari sono sempre molto egoisti ed ingordi. Vogliono sempre più risorse, sempre di più, come se la difesa e l'attacco fossero tutto di una società». L'ufficiale era un tranquillo ufficiale di sani principi, come ce ne erano molti. Ma vi era anche una grande fetta di ufficiali che erano molto corrotti e con un'indole decisamente molto diversa. Nel frattempo che parlavano del più e del meno, Gremy osservava con attenzione tutti i dettagli per scoprire dove fosse il lasciapassare. Di solito veniva messo nella cintura, vicino alla parte centrale del corpo, per far sì che il segnale fosse uniforme e venisse preso in maniera omogenea. Ma guardando bene la cintura, Gremy non vide nulla, probabilmente Marsoc lo aveva tolto e messo da qualche altra parte. Aveva con sé anche due valigette, posate al suo fianco vicino al tavolo della mensa. Erano chiuse con un dispositivo meccanico, una sorta di serratura di sicurezza. Quale delle due avrebbe potuto contenerlo? Intanto continuavano a parlottare di questo e di quello, e Gremy seguiva sempre la stessa tattica: rispondere a tono con risposte vaghe, generiche ed elusive per mantenere l'interesse, mentre studiava esattamente come «colpire» il nemico con le sue vecchie tattiche da tecnico incursore.

«quindi tu Beltemer sei anche qui per controllare i conti di questi tipi assurdi?» chiese Marsoc incuriosito - «no, in realtà sono qui per una missione speciale, non posso rivelare i dettagli perché coperti da classificazione» – e così aveva colpito nel segno – «devo incontrare un ufficiale di alto rango della base» continuò rincarando la dose – e Marsoc rispose «chi? scommetto che è il generale Fortem, quel vecchio bavoso! farebbe qualsiasi cosa per avere fondi, soldi, e ancora più armi» – «ecco un altro indizio» pensò Gremy e chiese ingenuamente: «non posso confermare né smentire nulla. Ma come mai lo chiami vecchio bavoso?» – «Beh, innanzitutto sembra che sia malato, ed il suo tessuto connettivo nella zona della bocca non funziona proprio bene. E poi, si vocifera nell' ambiente che abbia una fissazione per le femmine Mattisteriane con le gambe lunghe, proprio una completa fissazione» – Ecco che il povero ufficiale si stava lasciando sfuggire informazioni preziose. Invece Gremy non aveva fatto trapelare nulla di sé, solo qualche vaga impressione. L'arte dello spionaggio dei tecnici incursori non era facile da apprendere, ma Gremy ci era riuscito e da sempre aveva ottenuto degli ottimi risultati. Era considerato uno dei migliori dai suoi colleghi ed era sempre molto rispettato, considerato come un esempio da imitare. Il suo arresto, quindi, era un indicatore che qualcuno voleva incastrarlo, c'era qualcosa sotto di molto grosso. Comunque, ora serviva il lasciapassare. Gremy tralasciò questi pensieri nebulosi e guardò ancora una volta le due valigette, di cui una posizionata più vicina al corpo di Marsoc, e l'altra più lontana. Chiese a Marsoc: «Ma quindi hai risolto la tua questione qui, oppure no?» – «Beltemer, non me lo ricordare! È tutta la mattina che mi fanno andare da un ufficio ad un altro, chiedendo di documenti e documenti e documenti, da impazzire! non ho ancora incontrato il responsabile dei responsabili...». «Va bene, sicuramente nel pomeriggio ce la farai» gli augurò Gremy, mentre decise per mero calcolo delle probabilità, che il lasciapassare era nella valigetta più lontana dal corpo di Marsoc. Il lasciapassare non serviva in quel frangente, quindi Marsoc logicamente lo avrebbe dovuto piazzare lontano da sé, quindi nella valigetta più lontana. Invece in quella più vicina ci sarebbero stati i documenti ed altre scartoffie. Ora rimaneva solamente da stabilire il modo di rubarlo.

Ed uno dei modi migliori di farlo era quello di conquistare la fiducia di Marsoc.

«Caspita Marsoc, anche io dovrò attraversare mille peripezie in questa giornata, perché anche io da tutta la mattina vago per gli uffici inutilmente, considerando anche che I mia missione è della massima urgenza» – «Oh Beltemer» rispose Marsoc sempre più amichevolmente «non me lo ricordare. La burocrazia su questo pianeta sta diventando un mostro terribile, quasi come quella della confederazione dei pianeti lontani o quella presente su altri sistemi di questa galassia», e poi raccogliendo i suoi ultimi oggetti dal tavolo, e pagando il conto con la sua tessera personale disse «se Mattistero non si dà una regolata, finiremo schiacciati da questa burocrazia e soffocheremo in mezzo alle scartoffie. Comunque, Beltemer, ora dovrei andare negli uffici dell'alto comando. Ti andrebbe di accompagnarmi almeno per una parte del tragitto? Sono contento di aver trovato un membro della commissione finanziaria che non sia completamente intriso di numeri e conti e con il quale si possa parlare tranquillamente» – «Ottimo» pensò Gremy, la trappola aveva funzionato alla perfezione! «Va bene, infatti anche io dovrò recarmi agli uffici dell'alto comando, ma poi dopo aver raccolto un documento dovrò fare un'altra deviazione. Oh, questa burocrazia imperiale mi fa impazzire!» e quindi tutti e due si alzarono dal tavolo della mensa, Gremy raccolse le sue cose e Marsoc prese con sé le due valigette ed uscendo andarono verso gli uffici dell'alto comando.

Gli uffici erano collocati nel centro della base Alfa, e disposti su una grande cupola a multilivelli. All' apice della cupola, vi era l'ufficio del generale capo d'armata e dei suoi stretti collaboratori. Poi il resto dei piani seguiva i vari livelli gerarchici, iniziando dal livello più basso dei piani inferiori. Tutta la cupola era circondata da vari schermi informativi, e tutt'intorno vi era un sacco di personale che aspettava il suo turno, oppure che bighellonava in pause dal lavoro oppure che era in attesa di ricevere un permesso per recarsi dalla propria famiglia.

Gremy e Marsoc entrarono dall' ingresso principale, convinti di non dover aspettare il proprio turno (ahimè una magra speranza), ma quando Marsoc presentò la sua richiesta di incontro con un superiore del terzo piano da parte del secondo piano ci fu un problema, perché l'impiegato del secondo piano richiedeva un ulteriore permesso per portare le valigette – entrambe – dato che Marsoc non aveva un visto di sicurezza per entrambe e solo una delle valigette contenenti la documentazione era per così dire «autorizzata». Ovviamente l'impiegato ribadì che al terzo piano la sicurezza era più stringente e che quindi non poteva fare passare Marsoc e che doveva riuscire fuori e tornare all' ufficio sicurezza per farsi dare un nuovo documento di autorizzazione. «ma non è possibile!» sbraitò Marsoc – «ci sono stato questa mattina per ben due volte, perché il capitano dell'ufficio sicurezza vedendo che avevo due valigette non ha prodotto l'autorizzazione per entrambe??» – «Lei signore non gliel'ha chiesto. Lei ha richiesto l'autorizzazione solo per i documenti.» – «Mamma mia sta quasi per venirmi mal di testa. Forse è meglio rischiare la vita in operazioni da tecnico incursore che andare dietro a questa follia» pensò Gremy.

Comunque, Marsoc sarebbe dovuto uscire dagli uffici di Alto comando per recarsi due padiglioni più in là all' ufficio autenticazioni e Sicurezza. Se Marsoc fosse uscito non ci sarebbe stato altro modo di recuperare il lasciapassare dalla valigetta. Quindi Gremy agì d'impulso chiedendo «Marsoc, ma se con il tuo permesso io momentaneamente ti tenessi la valigetta, tu non saresti obbligato ad andare a fare una nuova autenticazione! risparmieresti del tempo e potresti andare su all' ufficio del terzo piano, e chissà magari poi andrai velocemente al quarto e al quinto...» – era una proposta allettante anche se rischiosa... «Beltemer... non saprei... certo risparmierei moltissimo tempo per queste scartoffie inutili» rispose Marsoc «la valigetta comunque è protetta da un codice di sicurezza, dentro c'è anche un localizzatore personale per cui è anche tracciata, quindi non c'è pericolo che vada smarrita o rubata. Va bene, mi sembra un buon affare, tienimi per un poco la valigetta, ma non voglio bloccarti qui in questa situazione. Se dovessi tardare molto nelle mie faccende, potresti lasciare la valigetta anche all' ingresso nella portineria dell'Alto comando.» – «ok affare fatto» rispose Gremy, mentre andava avanti nel suo piano.

Marsoc gli lasciò la seconda valigetta, dove probabilmente (e Gremy lo sperava ardentemente) ci sarebbe stato il lasciapassare e ringraziando si incamminò per gli uffici del terzo piano.

Appena scomparve dalla vista tra elevatori ed impiegati e personale che lentamente si spostava da un ufficio ad un altro, Gremy subito con la valigetta si precipitò all' esterno degli uffici dell'alto comando. Ma fuori c'era ancora troppa gente.

Ci voleva un luogo sicuro per prendere il lasciapassare! quindi Gremy decise di spostarsi in un luogo più defilato, andando verso la zona est della base in direzione del magazzino risorse e sequestri. Aveva solo pochi minuti per farlo, perché Marsoc sarebbe potuto ritornare da un momento all' altro, colpito da qualche altro inghippo burocratico. Non doveva nemmeno farsi vedere, perché avrebbe altrimenti alimentato troppi sospetti. Quindi a metà strada, trovò un vicolo che costeggiava il magazzino risorse e sequestri. Per il momento era da solo, quindi prese la valigetta per cercare di aprirla.

Ovviamente vi era una doppia chiave esagonale a doppia combinazione manuale, che impediva alla valigetta di aprirsi. Provò ad aprirla utilizzando un paio di combinazioni a caso, inserendo simboli e numeri che probabilmente potevano avere a che fare con Marsoc, ma la cosa non funzionò. Il tempo stava scorrendo inesorabilmente. Nel frattempo, un paio di guardie passarono svogliatamente e si diressero verso il Magazzino risorse, facendo la loro solita ronda di routine nella base. Gremy sentì il loro tipico rumore di passi dovuto agli stivali da combattimento che indossavano, e quindi fece finta di spostarsi e di andare via per non dare sospetti.

Quando il rumore scomparve, si fermò nuovamente ad ispezionare la valigetta.

Aveva delle leggere aperture sui lati e magari poteva forzarla per disinnescare il meccanismo meccanico di sicurezza, ma gli sarebbero serviti alcuni attrezzi particolari che non aveva lì con sé... gli serviva una soluzione ed in fretta! non aveva tempo di procurarsi anche gli attrezzi per aprire la valigetta... quindi... il Transfiguratore quantico! «Posso usarlo, è rischioso e dannoso ma posso usarlo per aprire la valigetta» decise Gremy, quindi poggiò la valigetta sul terreno ed indossò il transfiguratore quantico nel braccio sinistro, perché sul destro aveva installato il suo mini pc portatile. Inserì il transfiguratore e lo avviò, ed istantaneamente sentì un forte dolore nel braccio, come una fitta, che poi continuò ad espandersi. Il transfiguratore stava iniziando la procedura di avvio, e sul monitor segnava il quattro per cento di operatività. Il dolore si faceva più forte, probabilmente era dovuto alla miscela di mercurio e titanio che stava entrando nella struttura anatomica di Gremy, e che si mescolava anche al tessuto connettivo per permettergli di utilizzare quello strumento.

Il dolore iniziò a farsi ancora più forte, arrivando quasi alla spalla. Il monitor segnava nove per cento. «Clonk...Clonk...Clonk...» in lontananza Gremy iniziò a risentire i passi dei soldati Classe 4 che tornavano dal loro giro di ronda precedente. Non avrebbe dovuto farsi vedere in quella situazione. Un'arma sul braccio sinistro ed una valigetta per terra... troppo compromettente! La spalla gli faceva malissimo, quindi con il braccio destro prese la valigetta e si avviò ancora più in fondo lasciando alle spalle il rumore degli stivali.

Il dolore iniziava ad essere molto forte, ma doveva camminare con disinvoltura verso un altro lato della base. «Clonk...Clonk...Clonk...» il rumore degli stivali non si allontanava, ma lentamente rimaneva sempre alla stessa distanza.... Quindi i soldati stavano facendo il suo stesso percorso, costeggiando il Magazzino Risorse e sequestri. Un'occhiata veloce al monitor... «Operatività al 22%» − Gremy non aveva fatto i conti con la dolorosità di quell' arma sperimentale che il dottor Cannister gli aveva prestato. Non credeva che il dottore fosse in grado di sopportare tutto quel dolore per i suoi esperimenti. Incredibile. Intanto il dolore alla spalla era passato anche dietro alla schiena, al tessuto connettivo, e Gremy stava iniziando ad avere problemi con la sua gestione.

La sua fisionomia da ufficiale di Skater Tempuri stava a pezzi cedendo ed il suo corpo stava ritornando alla sua forma naturale, stretto dalla morsa del dolore. Che rischiosa situazione! Accelerò il passo non in maniera esagerata, per non dare sospetti, ed appena arrivato in fondo al Magazzino risorse e sequestri si diresse verso la zona di addestramento reclute che era dall' altro lato della strada.

Era arrivato su una grande strada che suddivideva in due grossi tronconi la base alfa, e dove era presente il massimo traffico anche su mezzi pesanti dell'intero circondario. Alla sua destra aveva due navimobili armate di cannoni al plasma e sentinelle robot d'assalto, mentre alla sua sinistra un plotone di Soldati in addestramento stava marciando verso di lui. Dietro udiva ancora il rumore dei passi delle guardie. Il dolore era sempre più forte, il monitor del transfiguratore quantico segnava «Operatività 49 per cento» ma ora il dolore si era esteso anche alla spalla destra ed iniziava ad andare giù verso le gambe.

La miscela iniziava ad andare in conflitto con la coperta rigeneratrice, che lui aveva ancora indosso e che era operativa. I messaggi di allerta iniziarono a risuonare sul suo minicomputer portatile − «Oh no, questa non ci voleva!» pensò tra sé e sé, ed intanto con le sue ultime forze rimaste attraversò la strada continuando a camminare verso il lato della sezione di addestramento reclute.

Poi continuò per qualche metro finché utilizzò una apertura laterale della sezione Addestramento reclute per togliersi dalla vista delle guardie. Stava iniziando nuovamente a zoppicare, perché la coperta aveva cessato di funzionare ed il dolore alle gambe era doppiamente lancinante.

Aprì la porta dell'addestramento reclute, mentre guardò il monitor «Operatività 67%», mentre entrando alla sua sinistra notò un gruppo di reclute che stava armeggiando con un piccolo cannone al plasma ed un istruttore gli stava spiegando come utilizzarlo in caso di ingaggio con una unità robotica. Ma il dolore era troppo forte, il tempo stringeva e lui non si poteva nascondere ancora.

Così poggiò la valigetta per terra, ed esausto si accovacciò perché le gambe gli facevano malissimo. «Operatività 75%» − «ci siamo quasi» pensò anche se la sua mente stava divenendo nebulosa a causa del dolore e della miscela di mercurio e titanio. Gli arti superiori e la sua testa avevano preso a "bollire" in quanto non riuscivano a mantenere la forma prefissata. Un po' avevano le sembianze di un soldato, un po' di un ufficiale imperiale, un po' di un impiegato, un po' di un Mattisteriano morto, un po' di un malato, insomma non era più in condizioni stabili.

Sperò che qualcuno non avesse notato lo stato in cui si trovava, altrimenti avrebbero chiamato sicuramente gli aiuti e lui sarebbe stato scoperto. Fece qualche metro andando a piazzarsi dietro due piccoli spalti, che servivano agli istruttori per controllare l'utilizzo dei cannoni al plasma da parte degli allievi. Per fortuna non c'era nessuno in quel momento.

«Operatività 94%» − «Dai, per la morte di tutti gli Antichi!» imprecò tra sé Gremy, sopraffatto dal dolore. Ormai il dolore era diffuso su tutto il suo corpo. «Operatività al 100%. Transfiguratore pronto» sentenziò il monitor, e finalmente Gremy lo poteva utilizzare.

Il dolore era ancora molto forte, e gli serviva qualche secondo per focalizzare mentalmente la forma che voleva utilizzare, così decise di

101

plasmare la sua mano sinistra come un liquido per penetrare all'interno della valigetta.

Il transfiguratore eseguì, quindi si ritrovò con la sua mano fluida che si stava disperdendo in più parti ed avvolgeva esternamente la valigetta, penetrando nelle fessure laterali, e la cosa inaspettata era che Gremy sentiva tutta la superficie come se la stesse toccando contemporaneamente! ed insieme al dolore era molto difficile capire cosa stesse succedendo. Quasi tutto il braccio si era gelificato ed era quasi entrato nella valigetta. Il tatto era confuso, sentiva tutte le superfici insieme ma nel trambusto aveva sentito anche un minerale, era il cristallo del localizzatore! lo aveva trovato! Doveva soltanto aprire la valigetta... ma non sapeva come... si immaginò di avere degli arnesi da scasso ed il transfiguratore fece il suo lavoro. Ma il suo braccio rimase incastrato nella valigetta perché gli arnesi si solidificarono ma non riusciva a spostarli all'interno della valigetta stessa.

Intanto sentiva il vociare degli allievi e dell'istruttore che diveniva più forte, e questo non era un buon segno, per qualche motivo si stavano avvicinando.

Gremy allora ebbe un intuizione, dato che la valigetta era protetta da un semplice sistema meccanico, e focalizzò di avere dei cavi elettrici da connettere al sistema di controllo meccanico all'interno della valigetta, ed anche in questo caso, il transfiguratore quantico fece egregiamente il suo lavoro. Poi prese il suo mini pc e con dei comandi vocali connesse il suo mini pc ai cavi e lanciò un programma per la decodifica delle serrature.

Il programma lanciava dei simboli e delle lettere a caso, e Gremy in base alla risposta dei cavi e al suo tatto decideva se il simbolo era quello giusto oppure no. Doveva fare la cosa dodici volte e molto velocemente. I soldati in addestramento si erano avvicinati, lui sentiva le voci molto vicine ma non gli dava importanza. Trovò grazie al suo mini pc ed alla sua concentrazione i dodici simboli, e finalmente la valigetta si aprì. All'interno c'era una divisa di ordinanza, vari documenti, un mini-drone portatile da difesa ed il lasciapassare.

Gremy arraffò subito il lasciapassare, mettendoselo in tasca e poi richiuse la valigetta.

L'istruttore stava andando proprio dietro agli spalti, per poter dare una votazione agli allievi che dovevano utilizzare il cannone al plasma contro l'unità robotica.

«Mi scusi» – disse rozzamente - «chi è lei e cosa ci fa qui? Questa unità di addestramento non permette l'accesso a personale non autorizzato oltre agli istruttori» – «sono l'ufficiale imperiale Beltemer. Sto testando un nuovo prototipo di arma in dotazione all' esercito, e mi avevano detto di venire qui a condurre alcuni test» – «oh sempre i solti!» sbottò l'istruttore «non rispettano mai le regole, e non ci lasciano lavorare in pace come si dovrebbe!» – «io vedo comunque che lei è a terra, in condizioni di non combattimento con una valigia aperta. Di che tipo di arma si tratta?» – Gremy stava per essere scoperto e rispose - «Si tratta di una eccezionale arma di difesa e di attacco. Stavo prendendo giusto alcuni accessori dalla mia valigetta per poi utilizzarla.» e poi chiuse la valigetta con la stessa combinazione che aveva trovato. Tolse il suo braccio ancora gelatinoso dalla valigetta e con tono di sfida disse all' istruttore «dica ad una delle reclute di spararmi con il cannone al plasma» e l'istruttore accettò la sfida in maniera alquanto rude. «Si metta in posizione idonea al tiro, appena qui sotto gli spalti» e fece alzare Gremy mettendosi sulla linea di tiro che dagli spalti dava al fondo del salone addestramento reclute.

«Recluta Blamec, le ordino di sparare con il suo cannone all' ufficiale qui presente» disse l'istruttore con tono perentorio – «Ma signore, è un'esercitazione? io…. Io….» tentennava la recluta «Blamec, questo è un ordine diretto di un tuo superiore! Obbedisci!» e l'istruttore gridò con quanto fiato aveva in corpo.

Così la recluta Blamec prese la mira, e puntò il cannone in direzione di Gremy.

Gremy focalizzò mentalmente uno schermo antiplasma, ed il transfiguratore eseguì il suo dovere.

«Siiiing» fece il cannone al plasma, ed una palla di energia si scagliò contro il braccio di Gremy che era divenuto un grosso schermo antiplasma. L'energia si disperse sul suo braccio, e Gremy sentì tutto il calore e la forza d'urto come se la toccasse con mano. «Già, questo è un intoppo da risolvere, riferirò a Cannister» pensò poiché aveva trovato questo difetto nel configuratore.

L'istruttore intanto guardò la scena soddisfatto, anche se si intuiva che avrebbe preferito vedere fluidi vitali Mattisteriani sparsi per tutto il salone.

«ottimo direi» rispose entusiasta, e poi disse «Vediamo ora come se la cava con l'attacco.» E chiamò all' azione l'unità robotica. C45, localizzare obiettivo Mattisteriano di fronte a me. Acquisire bersaglio ed eliminare. «Clang! Clang!» Fece l'unità robotica, modificando la sua struttura da verticale in orizzontale, da semi Mattisteriano divenne quasi un insieme indistinto di pezzi di metallo ed iniziò a roteare velocemente per terra.

Quello era il modo di avanzare di quell' unità robotica. Era distante circa 100 metri, ed iniziò a roteare velocemente in traiettoria retta verso Gremy. Gremy focalizzò un fucile elettronico, il transfiguratore eseguì e Gremy sparò un paio di colpi.

Si trattava di colpi elettronici atti a disintegrare i circuiti robot. Ma l'unità C45 militare era stata programmata a schivare tale tipo di attacco.

Mentre continuava a roteare verso Gremy, fece due balzi verso sinistra e verso destra e schivò perfettamente i due colpi. L'istruttore guardava compiaciuto, e Gremy capì che per sua fortuna l'unità C45 era disarmata, altrimenti avrebbe già utilizzato l'arma per ucciderlo.

Eh sì, le unità robotiche erano sempre così "spietate" rispetto ai Mattisteriani. Nessuna emozione. Ma non aveva tempo per pensare adesso.

L'unità distava circa 40 metri, ed era in rapido avvicinamento. Sicuramente avrebbe effettuato un attacco corpo a corpo.

Distanza 10 metri, Gremy focalizzò una sciabola di Turanio, il materiale più duro che i Mattisteriani conoscevano. Veniva prodotto da un pianeta con gravità circa cento volte superiore a quella di Mattistero. L'unità C45 era a 2 metri e si era ricomposta in una frazione di secondo riportandosi in posizione verticale ed aveva estratto dal braccio una lama affilata pronta ad uccidere Gremy. Gremy era super concentrato, non sapeva nemmeno se il Transfiguratore avesse funzionato, e dove avesse preso il Turanio e se fosse riuscito a crearlo, ma ormai non c'era più tempo. Sperò solamente nella fortuna, e tirò una sciabolata verso l'esterno mentre l'unità C45 lo stava accoltellando dritto al cuore.

Gremy chiuse gli occhi mentre sentiva il dolore in tutto il suo corpo e si aspettava di sentire il coltello conficcato nel suo petto.

«Sdeng, Clang, bang!» ci fu un grande strepitio di pezzi metallici che cadevano a terra da tutte le parti, mentre le gambe del robot continuavano ad avanzare ed erano andate a sbattere contro Gremy. Il resto dell'unità C45 era sparso per quasi tutto il salone.

E il braccio sciabola di Gremy si era conficcato negli spalti danneggiando la prima fila.

Ce l'aveva fatta! L'istruttore iniziò a battere le sue mani sul petto, usanza dei Mattisteriani per acclamare qualcosa di molto positivo. «Complimenti! davvero un ottimo dispositivo! non vedo l'ora che l'ufficio Armi e dotazioni ce lo faccia avere al più presto! Come si chiama questo gioiellino?» chiese quasi sbavando l'istruttore. Gremy rispose «non posso rivelarlo ancora, si tratta di un progetto classificato, comunque il test ha superato le aspettative» e questo era vero, Gremy non sapeva che il transfiguratore quantico potesse creare anche della materia utilizzando sempre quei materiali, e non sapeva nemmeno in che modo lo potesse fare.

«Comunque vi ringrazio, farò una menzione per voi ai piani alti» disse congedandosi e l'istruttore rispose «Dica del capo istruttore Marsofel Trumped, terza sezione addestramento reclute» tutto contento ed impettito. Gremy inviò veramente una nota di merito al suo reparto, per encomiare quel capo istruttore come «supporto alla missione di ricognizione da parte del tecnico incursore Gremy Donovan». Un giorno o l'altro l'avrebbero premiato sul serio. Non gli piaceva prendere in giro le persone, anche se a volte veniva costretto a farlo per adempiere alle esigenze lavorative.

105

Ora finalmente aveva il lasciapassare e poteva continuare la sua missione solitaria.

Smontò il transfiguratore quantico dal suo braccio sinistro, e mentre l'istruttore contento faceva ripulire i pezzi del robot e mettere in riga la sua squadra di reclute in addestramento, che erano rimaste imbambolate dall'accaduto, lui si era seduto sugli spalti e si iniettò i fluidi vitali per rimettere a posto tutto quanto.

Nel frattempo l'istruttore era tornato a gridare «tutti in formazione standard! Indossate le vostre armi!» – «Quello che vedete in battaglia non deve distrarvi dal vostro scopo, dall'obiettivo che dovete raggiungere» – Eh già, quante volte aveva sentito dire quelle parole.

Il dolore ora stava svanendo, ma momentaneamente Gremy non aveva più la forza di muoversi. Guardò il timer sul transfiguratore che segnava 42 minuti come tempo totale di utilizzo. Ben sotto la soglia massima di 50! ma come era faticoso e logorante quel dispositivo! Aspettò circa trenta minuti lì sugli spalti, riassettando le sue cose ed aspettando che i fluidi vitali facessero il loro effetto. Ebbe anche il tempo di riflettere sul transfiguratore, e gli venne in mente che per velocizzare la procedura doveva esserci un modo per far defluire la miscela di mercurio e titanio dai loro corpi per fare prima. Altrimenti tutto quel metallo tossico sarebbe rimasto in giro, anche se metabolizzato dai fluidi vitali aggiuntivi. «Devo prendere un appunto da riferire al dott. Cannister» decise, e poi prese la sua piccola mappa digitale dove segnò correttamente questo avvenimento. Dopo circa trena minuti, i cadetti e l'istruttore si spostarono in un altro padiglione per altre esercitazioni, e Gremy rimase da solo nel Salone addestramento reclute. Riprese a fatica le sembianze da ufficiale finanziario, e lentamente cominciò a fare la strada a ritroso e riportò la valigetta nella portineria degli uffici dell'Alto comando, come promesso.

Ora doveva subito recarsi a Skater Tempuri, per indicare sull'accaduto, e doveva fare in fretta prima che Marsoc ritrovasse la valigetta e denunciasse la scomparsa del lasciapassare.

Nel momento che il lasciapassare si fosse disattivato, avrebbe sicuramente creato problemi a chi lo avesse indossato. Gremy ricordava da piccolo di aver sentito storie di Mattisteriani disallineati provenienti da Skater Tempuri e ritrovati morti congelati nello spazio della cupola temporale.

Era un altro dei pericoli che avrebbe dovuto evitare.

Così frettolosamente uscì dalla base Alfa, e chiamò alla svelta un eliotaxi con destinazione la vicina Skater Tempuri, ingresso principale.

«Signor Ufficiale, se vuole le posso prendere i bagagli e caricarli sul taxi» disse gentilmente l'autista. «Grazie, ma non c'è bisogno. Ho tutto il necessario per il mio viaggio e non ho grossi bagagli ingombranti, tranne questa valigetta.» – Nella valigetta aveva alcuni pezzi della sua coperta rigenerante, ed i vari ricambi della carne di balena blu necessari per far funzionare la coperta. Aveva anche indosso alcuni pezzi della coperta, per cui il suo andamento sembrava goffo ed impacciato. «Destinazione Skater Tempuri, ingresso principale» chiese Gremy all' autista, il quale rispose «va bene, saremo lì tra poco meno di cinque minuti». Gremy si sedette sul retro dell' eliotaxi, il quale automaticamente chiuse le porte ed attivò i mini reattori presenti ai lati della vettura.

I reattori in realtà erano dei mini acceleratori di particelle di forma circolare e a tratti sferica, con al loro interno un piccolo nucleo che grazie all' energia prodotta ai lati di queste sorta di turbine, generavano un piccolo buco nero che invertiva la forza di gravità.

In sostanza questa inversione di gravità generava una spinta che faceva decollare il veicolo, ed è così che si spostava. Aveva quattro di queste turbine, che servivano sia per l'altitudine che la longitudine, ed era uno dei mezzi più diffusi ed utilizzati su Mattistero. Quando era piccolo Gremy aveva sempre ammirato quei veicoli, e spesso aveva considerato da grande di voler fare l'autista, poiché questo gli dava un sentore di libertà. Ma poi invece ci fu la lunga Guerra e tutta la società venne impegnata in questo conflitto, rendendo gli individui un po' meno "liberi" di quanto volessero.

Fu per questo motivo che venne addestrato e divenne uno dei migliori tecnici incursori da ricognizione presenti su Mattistero.

«Signor Ufficiale, siamo quasi arrivati a destinazione. Vuole prenotare anche la mia attesa per il viaggio di ritorno?» – beh, poteva essere utile, ma il piano di Gremy non era ancora ben delineato «No grazie, in caso dovessi ritornare richiamerò un suo collega» e poi l'eliotaxi atterrò. Ed arrivò a destinazione.

La grande strada bianca, chiamata la via della magnificenza, era ancora più bella vista da vicino. Era molto lunga, e divideva in sostanza la città in due sezioni, da un lato la sezione della città moderna e dall' altra, invisibile allo sguardo diretto, la città antica.

La via della Magnificenza era sempre ghiacciata dal lato destro, a causa della presenza della base della cupola temporale.

La cupola temporale era una cupola di energia di qualche tipo, che teneva in sospensione quella sezione di spazio – tempo della città. Grazie ai potenti generatori presenti intorno alla cupola ed al centro di essa, l'energia generata riusciva a spostare quello spazio – tempo di circa cinque minuti in avanti.

Ed il solo modo per entrare, era quello di utilizzare un lasciapassare. Gremy quindi attraversò La via della Magnificenza, che incrociava la Via Maggiore che era il principale ingresso nella città. Anche se l'ingresso non era visibile direttamente a causa della cupola, erano state costruite all' esterno due enormi colonne per segnalare appunto che quello era l'ingresso principale.

Vi erano un sacco di funzionari in fila che aspettavano il loro turno, si avvicinavano, il sistema di Intelligenza artificiale e di controllo del personale azionava i lasciapassare, e poi entravano nella città. Dall' altro lato delle colonne invece, vi era un continuo via vai di funzionari e persone che invece si "materializzavano" dalla cupola, sempre con i loro lasciapassare che al momento del trapasso diventavano blu elettrici ed emettevano varie scariche di tipo elettrico.

Gremy si mise quindi ordinatamente in fila per entrare a Skater Tempuri. Davanti di sé aveva due Cinturiani, che scherzando dissero «Ehi tu bello, ti cediamo il posto se prendi uno dei nostri stivali e lo sollevi con solo tre dita» e risero di gusto. «Oh grazie» rispose Gremy «ma sono costretto a rifiutare la vostra offerta, purtroppo sto

trasportando un arma molto più pesante e quindi ho le dita occupate»
e i due Cinturiani continuarono a ridere di gusto.

I Cinturiani, provenienti da due stelle appena al di fuori della
costellazione di Poconandia, erano grossi energumeni dotati di una
forza mostruosa. Vivevano su una stella con massa e gravità elevata,
pari circa a dieci volte quella di Mattistero.

Quindi sia la loro attrezzatura che loro stessi erano molto forti e
pesanti. In combattimento erano degli avversari temibili. La loro
corporatura era schiacciata e tozza proprio per via della gravità, e gli
stivali e le armi che portavano erano davvero pesantissime. La loro
testa era praticamente quasi senza collo e molto grossa e spessa.
Anche la loro pelle era a tratti squamosa e spessa. Un Mattisteriano
senza esoscheletro non avrebbe potuto mai nemmeno spingerli o
prendere e maneggiare qualcuna delle loro armi.

Essendo così forti su un pianeta a gravità dieci volte meno quella a cui
erano abituati, dovevano stare molto attenti a non distruggere nulla e
quindi si muovevano molto lentamente.

Gremy aveva già incontrato alcuni Cinturiani nelle sue missioni
passate, questo se lo ricordava.

«Ma come mai siete tornati qui su Skater Tempuri? Avete risolto il
problema con le lune di Callisto che tanto vi preoccupava anni fa?»
chiese ai due bontemponi Cinturiani. «Sì ovviamente, lo abbiamo
risolto a modo nostro.» Esclamò sorridendo uno dei due Cinturiani.
L'altro, con un fare più diplomatico poi aggiunse «Ora siamo qui per
discutere un trattato di gestione delle risorse tra i Cinturiani e
Mattistero sull' impiego delle armi nella grande Guerra» – «Bene,
molto bene» rispose Gremy «io lavoro nella commissione finanziaria,
quindi una volta che avrete spostato le vostre cose potremo magari
discutere o mettere una buona parola su un finanziamento ai
Cinturiani» disse pungentemente per stare al loro gioco. «Ahah!»
esclamò il secondo Cinturiano «Ode a te, Grande roccia nel sole di
Callisto» e si batterono fortemente il petto con i loro grossi bracci
emettendo un cupo rumore sordo.

Quello era il loro saluto in segno di amicizia.

I Cinturiani solitamente amavano le sfide, la competizione, e consideravano qualcuno che gli sfidasse come un segno di rispetto. Anche la loro battuta iniziale nei confronti di Gremy in realtà era stata fatta da loro come un segno di parità e rispetto. «Ode a voi, eminenti sultani della grande forza Cinturiana» – rispose Gremy – con il saluto ufficiale del patto dell'amicizia – e poi si batté sul petto due volte come facevano i Cinturiani.

Gremy aveva un lontano amico Cinturiano, che non vedeva da anni e che probabilmente era stato coinvolto nell' invasione e controllo di Callisto. Era stato proprio quel suo amico ad insegnarli tutte quelle cose. Ora Gremy aveva due nuovi amici.

Il loro localizzatore nel frattempo si accese, iniziarono a scoppiettare delle scariche elettriche tutte intorno al loro corpo, poi loro entrarono nella cupola e scomparvero dalla vista.

Ora era il turno di Gremy! La sua testa aveva ricominciato a creare confusione, dato che nel passato era stato già a Skater Tempuri, all' epoca del giuramento. Prese il localizzatore, lo fissò bene sulla cintura e si attivò. L'intelligenza artificiale chiese «Ufficiale Beltemer, qual è il motivo della tua visita?» – «Missione Classificata, richiesto contatto con alto comando militare» – «Bene, appuntamento prefissato, riceverà ulteriori dettagli dopo il suo ingresso, Ufficiale Beltemer» rispose l'intelligenza. Lui aveva le sembianze di Beltemer, ma il lasciapassare di Marsoc, ma in un pianeta dove tutti cambiavano spesso aspetto Gremy pensò che probabilmente non sarebbe stato un problema.

Il lasciapassare si attivò, e tutt'intorno Gremy iniziò a vedere balenare delle scariche elettriche azzurre, e l'aria e l'ambiente circostante sembravano come iniziare ad evaporare. Tutto il resto sembrava normale. «Ufficiale Beltemer, autorizzato, prego proceda» – sentenziò l'intelligenza artificiale, quindi Gremy finalmente dopo tantissimi anni stava per rimettere piede su Skater Tempuri!

Si avvicinò alla cupola, prese un piccolo respiro e poi avanzò dentro la città. In quel momento ci fu come un lampo, una sorta di scarica, e Gremy smise di vedere la città vecchia. Era entrato, e alle sue spalle, oltre la cupola, si intravedevano le vecchie costruzioni di Skater Tempuri e la gente che era in fila per entrare, ma tutte le cose sembravano semi trasparenti, evanescenti, come se fossero tutti fantasmi del passato.

«incredibile» pensò Gremy, e tutto questo per soli cinque minuti di spostamento temporale! Poi rivolse lo sguardo di fronte a sé e la meraviglia prese il sopravvento.

Skater Tempuri era meravigliosamente grande e luminosa. Al centro della cupola c'era una grandissima Torre Nera, che al suo interno custodiva uno dei cinque antichi generatori. Gli altri quattro erano dislocati all' esterno della cupola temporale e ben visibili dal resto della città..

La cupola era molto alta, e con la sua grandezza riusciva a contenere antichi edifici di una bellezza davvero singolare.

Per Gremy stava iniziando un nuovo giorno, guardava estasiato come un bambino.

Quasi tutti i palazzi erano costruiti essenzialmente da celle esagonali, non si sa per quale motivo ma l'esagono su Mattistero era la forma preferita e meglio conosciuta.

Il palazzo imperiale invece era stabilmente posizionato al centro della cupola, proprio davanti alla grande torre centrale con una struttura molto solida, che utilizzava delle celle triangolari che si incastravano tra di loro dando adito a svariate forme variopinte e maestose. Ed è lì che Gremy doveva andare.

Vicino al palazzo imperiale sorgevano altri tre piccoli edifici, che erano la sede giuridica, la sede militare e la sede normativa di Mattistero. È tutta questa bellezza, era solo più in là di cinque minuti circa rispetto al resto del mondo! Incredibile.

Tra le altre cose, un effetto un po' strano era che le distanze nella cupola sembravano ingrandirsi, come deformate da una lente di ingrandimento. Probabilmente ciò era dovuto alla distorsione temporale in atto. I due amici Cinturiani di Gremy che erano appena entrati subito prima di lui, sembravano già camminare in lontananza visibili alla distanza di circa un chilometro.

«buongiorno Ufficiale Beltemer» disse una voce molto dolce e suadente. Gremy si voltò di lato, mentre era ancora intento ad osservare la grande via Maggiore «sì? ma lei chi è?» rispose alquanto stupito. Aveva dinanzi una splendida Mattisteriana, molto più alta delle altre donne Mattisteriane, ed i suoi occhi erano azzurro smeraldo. Tutt'intorno aveva come una sorta di alone azzurro e Gremy non sapeva il perché. «Sono Lucinda, faccio parte della Confraternita del Tempo, e do il benvenuto ai nuovi visitatori di Skater Tempuri.» Rispose con notevole eleganza, mentre il suo tessuto connettivo posteriore aveva assunto la forma di un leggero mantello semitrasparente. «Ma Lucinda, come fai a conoscere il mio nome?» chiese stupito Gremy, anche se quello non era in realtà il suo nome «Noi della confraternita del Tempo abbiamo accesso garantito agli archivi, e sappiamo chi entra ed esce dalla città. Sappiamo anche che questo non è il tuo vero nome, ma non ci importa e non ti ostacoleremo, perché sappiamo che sei un essere importante e stai agendo per un bene superiore» – un discorso quasi da imbonitrice spirituale, oppure realmente da qualcuno che sapeva il fatto suo? Gremy rimase molto scioccato e cercò di replicare non lasciando trasparire il suo stato d'animo «Lucinda, ma come mai con tutti i passanti che arrivano qui, hai deciso di salutare proprio me? c'è qualcosa che ha attratto la tua attenzione? e poi che cosa è la Confraternita del Tempo?» – «Istinto, caro Ufficiale Beltemer. Ti invito a venire a trovarci nella nostra sede, siamo a due isolati da qui, a lato della Via Maggiore in direzione ovest troverai il tempio della Confraternita del Tempo. Noi cerchiamo e custodiamo l'antica saggezza. Noi siamo per la pace e la conoscenza, non siamo per la guerra» e mentre diceva così, posò la sua mano con le sue cinque dita sul braccio di Gremy. Gremy rimase alquanto imbarazzato, da tutto quell' affetto e cortesia, e notò la stranezza delle cinque dita. Tutti i Mattisteriani avevano sei dita…. «Quando vorrai venire a scoprire qualcosa in più su te stesso e gli altri, noi ti accoglieremo a braccia aperte. Grazie per essere venuto qui a Skater Tempuri» e mentre diceva così, sempre con la sua voce comprensiva e suadente, il suo tessuto connettivo posteriore si fece più spesso ed il leggero mantello che la circondava si fece meno trasparente e più spesso. Muovendosi con un leggero ondeggiare, lasciò Gremy senza parole e se ne andò lungo la via Maggiore. Gremy rimase letteralmente senza fiato. Per riprendersi, ritornò a guardarsi in giro e notò che a fianco della Via Maggiore, proprio a due passi dall' ingresso di Skater Tempuri, vi era il casinò. Un grande esagono luminoso con all' interno altri esagoni di vari colori che indicavano i vari giochi che si potevano fare con i crediti. Caspita! Il casinò, Lucinda, Skater Tempuri, tutto aveva un'aria così familiare! Tutto sembrava come «già visto» anche se Gremy non si ricordava esattamente dove.

E le cinque dita di Lucinda poi... non sembrava aver avuto una menomazione, tuttavia quella posizione delle dita gli ricordò le cinque dita che aveva Matthew, l'alieno a bordo della sua navicella. Quando? Stava iniziando nuovamente a sentirsi confuso.

Estrasse dalla tasca la sua mappa digitale portatile ripiegata, e l'aprì poggiandosi su un muretto proprio lì vicino dinanzi a via Maggiore. «dunque, vediamo... l'incidente... il risveglio... l'ospedale... e prima ancora c'era Matthew...e poi...» ma era ancora confuso. Spostò le cose in ordine cronologico apparente, per avere una visione più chiara... «dunque la missione su Alfa centauri.... L'incontro con Matthew. Il manufatto antico, poi il viaggio sul sistema 459, poi il ritorno e l'incidente su ganimede... l'ospedale... il risveglio... la fuga...e poi il ritorno alla base Alfa, lo strano congegno trovato ed il ritorno Indietro!» ... Anche allora aveva avuto questa strana sensazione di già visto già sentito. La Mappa digitale ora glielo confermava, in base agli appunti che aveva preso durante tutti i suoi spostamenti.

Gremy scrisse sulla mappa anche dell'incontro con Lucinda e della Confraternita del Tempo. Sentiva che era qualcosa di importante. Inoltre, la sua logica gli suggeriva in base a quello che aveva scritto nella mappa, che c'era stato una sorta di ciclo temporale nel quale lui era tornato indietro con gli avvenimenti ma trattenendo sempre una certa consapevolezza.

Cosa avrebbe dovuto fare adesso? Continuare la missione alla ricerca

113

delle risposte in merito al suo arresto, od indagare più a fondo sulla Confraternita del Tempo? cosa erano quegli strani manufatti in cui si era imbattuto? La questione stava divenendo molto complessa.

Il lasciapassare! questo pensiero gli balenò in mente e schiarì tutti i dubbi che aveva. Doveva assolutamente correre verso il palazzo imperiale, alla sede militare di Mattistero.

Così richiuse frettolosamente la mappa digitale e la mise in tasca, si guardò in giro ed iniziò ad avanzare lungo la via Maggiore verso il palazzo imperiale. Durante il cammino alcuni droni si avvicinarono a lui, mentre ovviamente stava mimando le sembianze di Beltemer, e gli fecero una rapida scansione. «Ufficiale Beltemer, puoi prenotare il tuo soggiorno nei pressi della grande distesa Grigia, iniziando dalle coste del Mare terrificante, ad un prezzo vantaggiosissimo» – ed il drone iniziò a proiettare delle immagini olografiche di una grande distesa grigia, con vari minerali azzurri e delle grandi piante di Metastabio (un albero di tipo roccioso con frutti a forma di cristallo) – «Grazie ci penserò dopo» rispose Gremy, mentre già l'altro drone si era piazzato dall' altro lato e gli diceva «Probabilmente potresti essere interessato ad incontrare nuove amicizie, visita il nostro haremaggio nel quartiere nord di Skater Tempuri. Il primo incontro è gratis» – e probabilmente Beltemer doveva essere vedovo o separato o single, pensò Gremy «No grazie al momento sono impegnato e non interessato, grazie» e subito entrambi i droni sparirono andando ad importunare altri passanti.

Gremy incrociò un altro ufficiale medico, come il primo ufficiale che lo stava curando all' ospedale militare. Riconobbe le mostrine rosse sulla divisa. «Buongiorno Ser» disse con noncuranza l'ufficiale, e Gremy rispose «Buongiorno Sok» che era il modo corretto di rispondere al saluto Mattisteriano. Tuttavia, Gremy iniziava a sentire moltissima fatica, nel mantenere il tessuto connettivo al suo posto dopo tutto quel tempo. Erano già diverse ore che "indossava" i panni di Beltemer! ed era anche malato, le sue gambe non erano completamente guarite! ed anche il lasciapassare poteva scadere da un momento all' altro. Doveva per lo meno fermarsi un attimo a riposare. Ma la folla era davvero tanta, e su via Maggiore circolava davvero tanto personale sia

114

civile che ufficiale.

Una donna Mattisteriana teneva per il braccio suo figlio, mentre lo stava accompagnando da qualche parte e lo aveva ripreso con «Ma, insomma, devi tenere un po' di contegno, smettila!» urlando sottovoce, mentre il figlio continuava a giocare con il suo aspetto e cambiava continuamente forma ad una velocità davvero impressionante. Eh, sì i piccoli Mattisteriani si divertivano a mutare forma anche per dimostrare la loro velocità ed abilità ai loro compagni.

Un altro drone, questa volta in forma semi-Mattisteriana, si avvicinò a Gremy e gentilmente gli chiese «Ufficiale Beltemer, gradirebbe le ultime notizie per soli due crediti? Scaricati direttamente nel suo mini pc portatile, da visionare quando vuole» – «mmmm…. Pensò Gremy» sembrava una ottima offerta «Va bene accetto» rispose ed il drone chiese di riporre la tessera nel lettore sul suo braccio metallico. Avvenne la transazione dei crediti, e Gremy ricevette sul suo mini pc portatile le notizie dell'ultima ora.

Un tizio che sembrava un autista di eliotaxi, gli chiese se volesse un passaggio ma Gremy disse di no, e preferì per un attimo isolarsi da tutta quella confusione. «mi scusi» chiese ad un passante «qual è la strada più veloce per i giardini imperiali?» ed il passante gli rispose che erano a soli due isolati dalla sua posizione. «Faccia attenzione, hanno messo un drone all' ingresso ed ora per entrare occorre pagare circa tre crediti. Questi governanti chiedono sempre crediti!» e Gremy ringraziò per l'informazione. Era ancora preoccupato per il lasciapassare e per il fatto che non aveva ancora raggiunto il palazzo imperiale.

I giardini imperiali erano proprio a ridosso del palazzo, ed erano anche un ottimo posto per rilassarsi e riposarsi sia che fosse stato giorno o sia di notte, erano davvero molto sfarzosi e ricchi di piante di tutte le specie Mattisteriane.

Beltemer, ed anche Gremy, avevano una speciale predilezione per le piante di Metastabio, capaci di crescere anche in condizioni molto avverse alla vita.

115

Gremy era molto stanco, ed il suo tessuto connettivo non stava più funzionando correttamente. Alcuni tratti somatici delle braccia e del viso stavano tornando alla loro conformazione originale.

per non farsi notare, mentre stava per arrivare ai giardini imperiali, Gremy attivò le notizie olografiche della ultima ora che avrebbero proiettato alcuni video proprio di fronte a lui grazie al mini pc. Questo avrebbe mascherato un poco i suoi problemi di gestione della stanchezza.

«Ganimede decide di aumentare le tasse per l'utilizzo degli aerospazioporti, secondo quanto dichiarato dal sotto governatore della luna», ed apparse una breve visione di ganimede tridimensionale. Mentre camminava, Gremy passò alla notizia successiva: «Il parco giochi acquatico della stazione Palindroma, viene chiuso per restauro in questi dieci giorni» e sul visore apparve il grande otto della Stazione Palindroma in orbita tra Ganimede e Tadiozuma. Gremy era contento, perché il visore stava mascherando bene il difetto del suo viso.

Arrivò proprio all' ingresso dei giardini imperiali, e vi era un drone di forma Mattisteriana che chiedeva il pagamento ai passanti dei crediti proprio come gli aveva suggerito il passante! «Ufficiale, per entrare il costo è di 3 crediti per rimanere sino a 4 ore, e di 5 crediti per 8 ore. Scelga il pagamento ed apponga la sua tessera nel lettore» e così dicendo gli porse il braccio metallico. «sono stato fortunato» pensò Gremy, mentre con il mini pc portatile sul braccio continuava a proiettare la notizia della stazione Palindroma. Il drone non aveva riconosciuto bene il suo aspetto, e non lo aveva chiamato per nome. «buon segno» pensò Gremy. «pago tre crediti» disse Gremy e con l'altro braccio inserì la tessera sul lettore. «Grazie ufficiale, buona permanenza» ed il drone aprì il cancello elettronico di ingresso al parco.

Dopo aver percorso solo dieci metri, vi era una panchina con un Mattisteriano alquanto malconcio, il suo tessuto connettivo era semitrasparente e la sua consistenza era molto più flaccida di un normale Mattisteriano. Aveva più o meno 180 anni.

116

I Mattisteriani a volte potevano vivere sino a 220 anni, ma la vita media era di 150 circa.

Gremy era considerato giovane, ed aveva circa 65 anni. Chiese al vecchio Mattisteriano: «Scusi, la disturbo se mi siedo qui a fianco? sono molto stanco vorrei riposarmi un attimo» – «va bene figliolo!» rispose il vecchio «Quando io avevo la vostra età, non mi stancavo mai e mi divertivo ad essere Clark, poi Jims e Jent nel giro di pochi secondi. Che bei tempi!» – «oh grazie» rispose Gremy «mi scusi se mi rilasso un po'» e mentre diceva così, Gremy si sedette esausto e si rilassò, ed il tessuto connettivo ritornò al suo stato originale ed ora aveva proprio le sue sembianze, quelle di Gremy. Non era più un ufficiale. Il Vecchio Mattisteriano non ci fece caso, anzi ora sembrava più contento di avere qualcuno con cui parlare.

«caro giovane, da dove viene lei?» chiese il vecchio, e Gremy rispose stando attento a non rivelare informazioni importanti «vengo dalla città nuova, sono qui per una faccenda diplomatica» – «Caspita» rispose il vecchio «Ma l'hanno fatta entrare? avevano bloccato tutto per sicurezza, ho sentito dire così» – «ma dai sul serio?» disse Gremy molto meravigliato. Poi riprese il mini pc portatile sul suo braccio e velocemente iniziò a scorrere le notizie della ultima ora.

«Ahahaah!» il vecchio cominciò a ridere «Caro ragazzo, non ci credi? ho letto anche io il giornale olografico proprio mezz'ora fa circa» disse compiaciuto, mentre Gremy continuava a sfogliare le notizie... «prima nota.... Politica.... Economia... Militarizzazione... » - c'erano tantissime categorie... quand'ecco che spuntò la notizia - «Chiuso il varco temporale all' ingresso di Skater Tempuri, dalle ore 18 del giorno 7 Anno Astrale 2098, per motivi di sicurezza. C'è stato uno sbarco non autorizzato di terroristi su Ganimede provenienti da alcuni pianeti esterni, ed il governatore principale di Skater Tempuri in via cautelativa ha sospeso tutti gli ingressi ed i lasciapassare governativi per Skater Tempuri.» E mentre il giornale olografico trasmetteva questa notizia, apparve nel video il governatore, Ganimede, ed alcune navi spaziali non meglio identificate. «I lasciapassare governativi sono momentaneamente sospesi fino a nuovo ordine, alcuni membri del consiglio imperiale hanno annunciato che probabilmente ci vorranno circa due giorni per ristabilire le normali procedure di ingresso». «che bello!» esclamò Gremy, mentre il vecchio continuava a sorridere compiaciuto «Sì certo, finalmente qualche giorno di tranquillità in questa confusione! Sono mesi che andiamo avanti con gente che entra ed esce da Skater Tempuri! Io ne ho viste di cose passare, mi piacerebbe un po' più di serenità», e Gremy annuì al vecchio che gli aveva indicato quella ottima notizia.

Gremy era contento, perché ciò voleva dire che la procedura di disattivazione del lasciapassare era momentaneamente congelata, e quindi lui non correva al momento grossi rischi! certo ora aveva anziché ore in più circa un paio di giorni, ma avrebbe dovuto procurarsi nel frattempo un altro lasciapassare, perché altrimenti avrebbe rischiato la vita se fosse stato scoperto e il suo lasciapassare "disattivato".

la disattivazione, come gli avevano spiegato anche durante l'accademia, era un processo di difesa molto utile su Skater Tempuri, dove in caso di problemi il lasciapassare non produceva più il segnale che allineava lo spaziotempo del Mattisteriano proiettandolo cinque minuti in avanti, quindi lo spazio tempo personale in quel caso ritornava allo spazio tempo "naturale". Il Mattisteriano in quel caso si ritrovava da qualche parte nella cupola spazio-temporale, però nel tempo presente dove la città non era situata. La città era sempre cinque minuti in avanti nel tempo.

Questa operazione, tuttavia, comportava grandi cambiamenti di energia e di solito chi si trovava nella cupola senza l'attrezzatura necessaria, che era l'attrezzatura spaziale, di solito moriva congelato. Era come ritrovarsi improvvisamente nello spazio profondo, pur trovandosi ancora sullo stesso pianeta.

E questo era generato dal paradosso che due oggetti non possono coesistere nello stesso spaziotempo, e quindi siccome in quello spazio vi era la città di Skater Tempuri ma spostata nel tempo, quindi al tempo zero vi era il vuoto! Già, questo era un concetto molto strano ma l'universo fisico funzionava in quel modo.

Gremy, quindi, tirò un grosso respiro di sollievo, spense il notiziario olografico ed attivò i vari pezzi della coperta rigenerante che aveva smontato e messo nelle varie tasche della sua divisa.

Il vecchio lo guardò incuriosito e chiese «Ma tu come ti chiami? Che cosa stai montando adesso sulle tue gambe?» – Gremy rispose «mi chiamo Garaway. Garaway Anatom. Sono un ufficiale. Quella che vede lei adesso, è una coperta rigenerante che facilita la guarigione dei tessuti. È una specie di tocco guaritore, come quello delle nostre mamme che da piccoli ci rigeneravano i tessuti.» E mentre diceva questo, il vecchio aveva sgranato lo sguardo e disse «Garaway, lo voglio anche io! ne ho bisogno per il mio tessuto connettivo posteriore che ormai è a pezzi! Ti posso pagare molto bene, mi piacerebbe tanto averlo» – «mi spiace caro signore, ma purtroppo si tratta di un prototipo e non è in vendita. Io lo sto sperimentando su me stesso guarendo alcune ferite che mi sono procurate in missione» – «ah mi spiace» rispose tristemente il vecchio «quindi lei è un ufficiale militare, e sembra anche uno molto in gamba» e poi sorrise ingenuamente.

Rimase a parlare con Gremy, mentre dopo qualche minuto Gremy esausto smise di ascoltarlo, ed il vecchio continuò lo stesso a parlare mentre Gremy sentiva la coperta rigenerante che faceva il suo lavoro e le sue gambe iniziavano a stare molto meglio.

Che giornata che era stata quella, proprio una giornata memorabile! Tuttavia, prima della notte mancavano ancora altre 16 ore, in quanto su Mattistero i giorni erano molto lunghi, circa 34 ore in quanto il pianeta ruotava molto lentamente. I mesi dell'anno Invece erano 10, dovuti invece ad un'orbita molto corta e veloce rispetto al sole uno di Poconandia.

Mancava quindi ancora un po' di tempo alla fine di quella lunga giornata, e Gremy avrebbe potuto darsi da fare sia per indagare sul suo arresto sia per quanto riguarda l'ottenimento di un altro lasciapassare. Oooh, erano entrambi dei modi molto divertenti di passare la giornata.

E poi c'era anche il fascino di Lucinda, che lo aveva molto colpito anche con un semplice scambio di semplici parole, e la sua misteriosa

«Confraternita del Tempo». A Gremy sarebbe piaciuto indagare anche su di essa, perché sentiva che istintivamente si trattava di qualcosa molto connesso a lui e alla sua vita.

Si sdraiò sulla panchina, mentre il vecchio in sottofondo continuava a ciarlare, e diede uno sguardo al grande albero di Metastabio che era al suo fianco.

La corteccia rocciosa e robusta che si innalzava per metri sopra di lui, e tutto intorno un sacco di frutti vitrei e azzurri che rischiaravano l'ambiente.

Era una meraviglia per gli occhi ed anche per la loro salute. I frutti al contatto con l'atmosfera producevano grandi quantità di idrogeno e ossigeno. L'idrogeno era un elemento molto fondamentale per i Mattisteriani, e gli permetteva di scambiare ossigeno ed altri composti con l'esterno e quindi gli dava molta energia e sensazione di benessere.

Quindi gli alberi di Metastabio erano un toccasana. Gremy socchiuse gli occhi, e si addormentò in preda alla stanchezza.

Passarono alcune ore, e poi si risvegliò leggermente rinfrancato. Il vecchio al suo fianco se ne era andato, probabilmente vedendolo dormire non voleva disturbare il suo riposo. Gremy diede una occhiata al mini pc ed erano circa le Ventisei. La notte stava arrivando. Probabilmente gli uffici erano chiusi, e quindi doveva posticipare la sua indagine la mattina seguente. Comunque, era un buon momento per potersi procurare un nuovo lasciapassare.

Quindi uscì dai giardini imperiali, e si rimise di nuovo su Via Maggiore in cerca di consigli e di indizi. Entrò in un negozio di oggettistica e ricambi, e direttamente chiese al negoziante se potesse avere un piccolo aiuto. «Di cosa hai bisogno?» lo interruppe severamente il rigattiere. «Beh ecco,» cercò di spiegare Gremy «avrei un piccolo problema con il lasciapassare.» – «Eh, non sarai mica un terrorista? Oggi hanno appena chiuso l'ingresso per evitare problemi, ci sono le guardie armate che vanno in giro a fare controlli, e tu mi chiedi una cosa del genere??» rispose il rigattiere sempre più adirato e meno collaborativo. «Non sono un terrorista, ma ho bisogno di un piccolo aiuto. Sono nei guai. Se non risolvo il mio problema entro pochi giorni, in tanti potrebbero avere delle conseguenze. Ho bisogno di un aiuto e so che lei potrebbe aiutarmi» – «io?» rispose adirato il rigattiere «Io no di certo! non vendo lasciapassare! Non sono un impiegato governativo! non voglio immischiarmi in queste cose! Non mi costringa a chiamare i droni di sorveglianza.» Ed il suo tono si fece più serio ed infastidito. «Sì, capisco perfettamente, non intendevo dire lei personalmente. Ho bisogno di aiuto, e lei sicuramente conosce qualcuno che può aiutarmi. Ho visto che vende anche oggetti governativi come quelle tessere anonimizzate, oppure alcune divise mediche che in realtà non potrebbero essere vendute in questo negozio. Quindi sono quasi sicuro che potrà indicarmi qualcuno che mi può aiutare» rispose deciso Gremy, minacciando velatamente il rigattiere per quelle sue "mancanze" di rispetto nei confronti della normativa del commercio. «Eh, va bene, glielo dico ma appena glielo dico, se ne deve andare da qui facendo finta che io non le ho detto niente!» – «D'accordo» disse Gremy, aspettando l'informazione desiderata – «Deve andare vicino al casinò, e chiedere di Tony durante, lui è un Tivoliano che lavora a Skater Tempuri da tantissimo tempo, non posso dirle altro. Ora se ne vada, e non dica a nessuno e non riferisca a nessuno di questo! Ne va della sua e della mia vita!» e così facendo indicò gentilmente l'uscita a Gremy.

«Molto bene» pensò Gremy uscendo dal negozio. Gremy prendeva sempre tutto con comprensione, serietà e leggerezza allo stesso momento. Era un inguaribile ottimista anche nelle situazioni peggiori.

«un Tivoliano» pensò «che si fa chiamare Tony durante.» Davvero molto divertente. I Tivoliani erano una razza proveniente da un pianeta vicino sempre nella costellazione di Poconandia, vicino al sole due.

A causa dell'atmosfera sul loro pianeta completamente diversa da quella Mattisteriana, potevano sopravvivere su Mattistero solamente in tuta spaziale. I Tivoliani avevano sempre indosso quindi la loro particolare tuta, con dei tubi ed un casco molto grande che non permetteva di vedere i loro volti, e questo a volte era un po' inquietante.

Il casco inoltre era specchiato, in quanto erano molto sensibili alla luce. Il sole due di Poconandia era molto vicino al loro pianeta, che a volte specialmente nelle stagioni estive, si incendiava all' alba e si raffreddava al tramonto.

Gremy si ricordava di aver fatto una missione di ricognizione su Tivoli qualche anno prima, e di aver parlato con alcuni Tivoliani proprio durante la stagione estiva. I Tivoliani avevano una grande fama in quanto ingegneri abilissimi e con una eccezionale capacità di costruzione ed adattamento.

Tuttavia Gremy ricordava che il loro pianeta era decisamente inospitale. Durante la stagione estiva, quando il sole due era molto vicino al pianeta, all' alba quando sorgeva il sole l'orizzonte si riempiva di fuoco e fiamme, e mentre il pianeta continuava la sua orbita, la linea di fuoco si avvicinava man mano bruciando tutto e tutti e si concludeva all'orizzonte quando arrivava l'ora del tramonto. Davvero spettacolare e drammatico!

Per proteggersi da questo drammatico e costante evento che ripetutamente accadeva durante la stagione estiva, i Tivoliani avevano costruito un grande numero di cunicoli e livelli sotterranei dove ripararsi e dove recuperare l'enorme energia solare con cui alimentavano le loro attività.

Davvero un enorme lavoro di ingegneria e di resilienza, che rendeva questa razza un esempio di come la vita poteva plasmare l'ambiente intorno a sé e adattarlo ai propri scopi.

«Tony durante, un Tivoliano, incredibile!» pensò Gremy, probabilmente aveva a che fare con il riciclaggio o il contrabbando o qualcosa del genere, poiché solo gli individui del genere amavano avere un nomignolo di riconoscimento aggiuntivo oltre al loro nome reale.

Quindi armato del suo consuetudinario ottimismo, Gremy decise di ritornare verso il casinò e quella sera di incontrare questo famoso Tivoliano che si faceva chiamare Tony Durante.

CAPITOLO QUARTO - gioco d'azzardo

Gremy arrivò a fianco del casinò Qutierra, questo era il suo nome. Era situato su un lato della Via Maggiore, proprio all' ingresso di Skater Tempuri. Dall' altro lato della strada, proprio opposto al casinò, vi era il quartiere ingresso di Skater Tempuri, situato proprio al confine della cupola temporale caratterizzato dagli edifici molto piccoli e bassi.

Si trattava di una zona malfamata, la peggiore zona di tutta Skater Tempuri. Era comunque situata all' interno di Skater Tempuri perché i malfattori che vi albergavano avevano dei grossi giri finanziari ed avevano a che fare con molti ufficiali governativi. Per questo motivo nessuno ci faceva caso, ed accettavano la loro presenza, seppure in maniera marginale, ai confini della meravigliosa città imperiale.

Nel quartiere ingresso da qualche parte vi era l'ufficio, o meglio dire il covo di Tony durante. Gremy aveva lasciato da poco la Via Maggiore, ed aveva incrociato un Cinturiano sulla strada, che con un fare brusco gli chiese «Ehi amico, come va? Ti serve un booster?» e Gremy lasciandolo andare via rispose frettolosamente «No grazie sto bene.» Pur sapendo bene cosa fosse un booster. Lo aveva visto usare una volta ad un suo compagno di studi, mentre era in accademia. Era un mix di varie sostanze, alcune molto rare su Mattistero come l'elio e in piccolissime dosi il litio. Provocava un'alterazione di tutto il tessuto connettivo, e permetteva di poter assumere forme molto particolari ed alterare il proprio corpo, ed anche aumentare di molto le percezioni sia sensoriali che no. Tuttavia, aveva degli effetti molto negativi, in quanto le percezioni spesso sfociavano in allucinazioni, e danneggiava molto il tessuto connettivo, rendendo la persona incapace di utilizzare per alcuni giorni correttamente il proprio corpo dopo che l'effetto del booster fosse svanito.

Così Gremy andò ancora avanti, ed incontrò un altro Mattisteriano, che sogghignava mentre giocherellava con un attrezzo appuntito ai bordi della strada, di fronte ad un negozio di utensili meccanici abbandonato. «Ehilà, un ufficiale da queste parti? Sta cercando qualcosa con cui fare baldoria?» chiese ammiccando. Gremy rispose molto garbatamente e disse «Si, dove posso trovare Tony durante?» – «Ahahah, Tu vuoi andare da Tony durante? Dico amico, ma sei in cerca di guai?» rispose sogghignando il Mattisteriano. Aveva anche un lungo segno che partiva dal volto ed arrivava in basso sul suo braccio, molto strano per un Mattisteriano che poteva ricostruire e rigenerare i propri tessuti. «Amico, uno come te che va a cercare Tony durante, o fa parte delle forze governative oppure sta cercando roba grossa. In entrambi i casi si sta cacciando nei guai. Lascia perdere» e mentre diceva così iniziò a roteare nervosamente il suo utensile appuntito nelle mani. «Amico…» replicò Gremy «grazie per l'avvertimento. Non faccio parte delle forze governative. Sono del settore finanziario. Ho un bel po' di crediti per le mani, 50 bastano per dirmi dove posso trovare Tony durante?» – «Ah, ecco amico, ora capisco che non sei uno sbirro. Sei uno con il tessuto connettivo a posto a quanto pare. Si cinquanta crediti vanno bene, ecco qui» e così dicendo il Mattisteriano porse l'altro braccio, che non aveva il segno ma aveva indosso un lettore di crediti che di solito era tipico dei droni. Forse non aveva crediti a sufficienza per comprare un mini pc dotazione standard, ed aveva rubato o preso un pezzo di braccio sintetico di drone con il lettore e lo aveva utilizzato al suo posto. Un altro strano indicatore, ma Gremy non ci fece poi più di tanto caso, prese la sua tessera anonima e pagò subito i cinquanta crediti. «Ecco amico, l'ultima volta che l'ho visto era al Club Entrolè, devi fare tutto il giro dell'isolato e si trova proprio qui alle nostre spalle. In linea spaziale è proprio di fronte al casinò. Fai attenzione alle guardie all' ingresso. Stammi bene amico» e così facendo il Mattisteriano fece un segno col capo in direzione dell'angolo dell'isolato. Inoltre, chiuse anche i suoi occhi inferiori, tipico segno di chiusura della comunicazione e del fatto che non si è più disposti ad ascoltare.

Gremy prese allora quella strada e fece il giro dell'isolato. Quel posto era pieno di Cinturiani! probabilmente venivano assunti per la loro enorme forza.

Così fece il giro dell'isolato, e si ritrovò dinanzi al Club Entrolè. Sembrava un vecchio casinò, ma alcune delle sue insegne erano spente e malfunzionanti. Probabilmente era un club per qualcos'altro al momento. Gremy si avvicinò alla porta d'ingresso, ma ai lati vi erano due grossi Cinturiani con indosso anche delle divise e dotazioni para militari. Le due «guardie» lo puntarono già da lontano, ed una di loro si piazzò subito davanti. Era alta circa il doppio di Gremy. «Ehi ehi, amico. Dove stai andando? Questo è un club privato» e mentre diceva queste cose Gremy vide il grosso braccio del Cinturiano con indosso la corazza metallica da combattimento che gli veniva quasi sbattuta in faccia. Poteva sentire l'odore del metallo e della pelle del Cinturiano.

«Devo incontrare Tony durante» disse Gremy, mentre il Cinturiano lo squadrava da capo a piedi. «Qui non si entra senza invito. E poi gli Ufficiali non sono graditi qui. Gli ufficiali non vengono mai qui, e se vengono si vestono diversamente. Tu perché indossi l'uniforme da ufficiale e sei venuto qui? Sei in cerca di guai?» e Gremy poteva sentire il tono di voce del Cinturiano che si stava alterando. Effettivamente era stato un errore da parte sua non travestirsi in quel posto. Una dimenticanza alquanto spiacevole! il Cinturiano si stava arrabbiando ed aveva fatto un ulteriore passo in avanti in direzione di Gremy. «Devo incontrare Tony durante, ho un affare da proporgli», il Cinturiano però stava perdendo la pazienza. «Amico vattene, qui non puoi entrare se non hai un invito. È un club privato. Vattene.» E così facendo, leggermente spostò Gremy col braccio poggiandolo sulla sua spalla. Gremy, tuttavia, ricevette una enorme spinta, e fu sobbalzato circa 4 metri indietro, andando quasi a sbattere contro la parete di un edificio vicino. Uno scontro fisico con un Cinturiano non era una buona idea!

Quei tipi usavano la forza, e forse l'unico modo di farsi capire era usare la forza. Gremy focalizzò appunto un Cinturiano, e grazie al tessuto connettivo prese le sembianze tozze e grezze di un Cinturiano.

Il suo corpo, tuttavia, era circa la metà come grandezza di un corpo Cinturiano, e questa cosa attirò molto l'attenzione delle due guardie, che iniziarono ad osservarlo leggermente stupite.

Gremy tirò fuori dalla tasca il transfiguratore quantico, e lo inserì sul suo braccio facendo finta di attivarlo. Poi si avvicinò velocemente alla

125

guardia, e con tono risoluto disse «Amico, questa è un'arma sperimentale che può fare a pezzi chiunque. Io non sono qui a cercare guai. Vai subito a chiamare Tony durante, e digli che Garaway Anatom lo sta cercando, perché ha un affare da proporgli. Vai subito a dirglielo, non farmi perdere la pazienza!» – la seconda guardia iniziò a guardare la scena un po' sconcertata, mentre il Cinturiano rispose «mhhhroraaaaar…» Con un sordo mugugno. SI stava incazzando tantissimo, ma non gli conveniva mettersi contro qualcosa di sconosciuto, per cui dopo qualche secondo di attesa, rispose «Aspetta qui e non ti muovere» – «Shrem, tienilo d'occhio» ed ordinò al suo compagno di fare attenzione.

Il suo compagno capì a suo modo la cosa, e si mise di fronte all' ingresso, serrando i pugni e le braccia ed attivando anche l'armatura delle braccia e delle gambe in modalità "rinforzata".

Gremy fece finta di niente, e non indietreggiò nemmeno di un millimetro. Era come giocare al Trouche Binoche. Bisognava mettere i propri pezzi tutti in alcune posizioni per intimorire l'avversario, e quindi trarne un certo vantaggio posizionale. Era Strategia Elementare. Gremy quindi rimase zitto, ed intanto si toccò il braccio con il configuratore quantico giusto per far vedere la sua arma. In verità non voleva utilizzarla, perché ciò avrebbe voluto dire usare un'altra provetta di fluido vitale e sopportare un enorme dolore come l'ultima volta!

Questa volta era meglio usare la strategia. Non passò molto tempo, che la porta d'ingresso nonostante fosse comandata elettronicamente, batté violentemente da un lato. La guardia Cinturiana uscì abbastanza contrita, e Gremy poteva sentire il rumore violento dei suoi passi che rimbombavano sul terreno circostante. Stava utilizzando più forza del dovuto, ahimè stava per perdere le staffe!

«Garaway Anatom, Tony dice che non sa chi o cosa tu sia, non ha mai sentito questo nome. Puoi entrare, ma fai attenzione, al minimo sbaglio ti spacchiamo la testa in due…mmmhhhoraaaarrrr…» il grugnito questa volta era molto più forte… «Shrem portalo su e fai attenzione. Chiama se ci sono problemi con lui…. Mmmmhoraar…» E

126

continuava a grugnare. Gremy non aveva mai sentito un Cinturiano grugnire in quel modo, forse l'aveva fatto davvero arrabbiare! l'altra guardia si mise dietro di lui e lo spinse leggermente verso l'ingresso, e Gremy dovette usare tutte le sue forze per non sbattere contro il portone d'ingresso. Quei Cinturiani erano davvero dei colossi!

Gremy entrò nel Club, e si ritrovò in una reception quasi completamente buia. Sembrava molto grande, e forse era buia apposta per disorientare. Un Ologramma di una AI si materializzò davanti a lui, presentandosi «Benvenuto al Club Entrolè, qui abbiamo i migliori giochi ed i migliori divertimenti di Mattistero» ed indicò un'altra piccola tabella olografica dove vi erano tutti i vari altri giochi da selezionare. Gremy però non vide giochi attivi nella tabella, intanto sentì dietro di lui la guardia Shrem che grugnì e disse «Vai avanti, dopo il tavolo la seconda porta a destra».

Così Gremy obbedì e girò dopo il tavolo nella seconda porta a destra. Si aprì la porta che dava in un corridoio illuminato, dove probabilmente prima c'erano delle cupole abitative o qualcosa del genere. Vide passare in fondo al corridoio due Tivoliani, abbracciati, probabilmente un maschio ed una femmina, che entrarono in una di quelle vecchie cupole abitative! Quel posto sembrava un bordello per Tivoliani! ecco cosa poteva essere! Comunque, Gremy sentiva sempre il rumore dei passi di Shrem, che gli disse «Vai all' elevatore, e Sali al secondo piano. Io ti aspetto qui. Appena arrivi su, dì all' altra guardia «Non stato ho fatto, ma capito chiuso ho detto.» E qualsiasi cosa risponda tu di «Shrem». Fai attenzione, se non fai così e fai qualsiasi altra cosa, ti ammazziamo! «Non stato ho fatto, ma capito chiuso ho detto.». «ok» rispose Gremy. Cambiò il suo aspetto quindi da Cinturiano ad un normale Mattisteriano, e pensò che sarebbe stato utile continuare a presentarsi come ufficiale governativo. «ha sempre un certo fascino su questi tizi» considerava Gremy tra sé e sé. Quindi salì al secondo piano, e mentre l'elevatore andava in alto iniziava a sentire una particolare glicosia sparsa in tutto il piano, una glicosia molto rassicurante e tranquilla.

L'elevatore si aprì, ed appena le porte si aprirono si piazzò davanti alla

127

vista un altro Cinturiano, questa volta con diverse armi inserite nella sua armatura, un visore termico ed un fucile d'assalto al plasma molto grosso nelle sue mani. I Cinturiani potevano portare armi militari pesanti come attrezzature di normale routine. Un fucile del genere di solito era equipaggiato sui veicoli terrestri, ed era in grado con un sol colpo di abbattere un edificio. «Davvero sproporzionato per un combattimento personale» considerò Gremy guardando così tanta opulenza. «Ma guarda, abbiamo un ufficiale qui. Chi ti manda e cosa vuoi? «chiese il Cinturiano, prendendo il fucile al plasma e puntandolo direttamente verso Gremy e l'elevatore. «mamma mia, questo soldato non ha considerato il fatto che con quel cannone potrebbe demolire l'intero edificio partendo da questo semplice elevatore» pensò Gremy, e decise che non era cosa buona pensare a voce alta.

Gremy fece esattamente come gli aveva detto la guardia. «Non stato ho fatto, ma capito chiuso ho detto.» E guardò il Cinturiano in attesa di una risposta a quell' enigma. «Ehi tu, sembra che tu abbia bisogno di roba. Quanti crediti hai con te? «e Gremy rispose «Shrem».

«mmmhroaaar…. È pulito!» tuonò il Cinturiano spostando il fucile dalla traiettoria di Gremy e mettendosi di lato, sbattendo i grossi stivali per terra con un tonfo sordo. «Bene fatelo entrare» rispose un Tivoliano che era seduto in fondo alla stanza, su una piccola scrivania. Tutta la stanza era piena di strani oggetti e c'erano altri Tivoliani che spostavano e pulivano quelle strane cose. «Prego, vieni Garaway Anatom, Tony ti sta aspettando» ed il Tivoliano invitò Gremy ad entrare nella stanza a fianco, che indicava con un cenno delle sue braccia.

Con il casco a specchio dei Tivoliani, era difficile capire il loro stato d'animo, e questo metteva un po' in difficoltà Gremy, perché non sapeva se quella era una trappola, oppure poteva fidarsi oppure li innervosiva.

Decise comunque di tenere un atteggiamento tranquillo e rilassato, che funzionava sempre (o quasi!) e si diresse verso la stanza di Tony Durante.

Nel frattempo diede una rapida scorsa agli oggetti che vedeva sui tavoli, erano molto strani probabilmente provenienti da altri sistemi, e di cui non si riusciva a prima vista ad intuirne l'utilizzo.

Quindi Tony Durante era una sorta di rigattiere di contrabbando. Ecco cosa faceva! contrabbandava merce di qualsiasi tipo per tutta la galassia, con base a Skater Tempuri protetto da qualsiasi tipo di attacco nemico! «davvero molto intelligente per essere un criminale» pensò Gremy, ma fece molta attenzione a non far trapelare questo pensiero al di fuori della sua testa.

Altrimenti con i Cinturiani in giro, non avrebbe più avuto una testa per pensare.

Entrò nella stanza, in cui ad un tavolo al centro sedeva Tony Durante, con in mano una specie di termovisore ed uno strano cristallo sul tavolo. Il resto della stanza era in penombra, ed anch'essa era ricolma di strani oggetti.

«caro Garaway Anatom, sei un ufficiale governativo di secondo livello, hai un profilo come un semplice impiegato ed è molto strano che tu venga da me. La mia lunga esperienza mi dice che questa non è tutta la verità. Ci sono delle cose non dette, e se queste cose non dette mi riguardano, potrei anche perdere la pazienza e fare qualcosa che altri giudicherebbero insensato.» Disse Tony Durante, mentre posava il termovisore con un braccio ed alzava il suo casco a specchio verso Gremy.

Ovviamente per Gremy era come guardare sé stesso, e non riusciva a capire il vero stato d'animo di Tony. «caro Tony, è vero io ho un profilo molto tranquillo, e non sono venuto qui per mancare di rispetto o creare problemi. La verità è che oltre a questa tranquillità, mi sto occupando di alcune faccende molto delicate, per le quali ho bisogno del tuo aiuto.» Rispose Gremy, sempre mantenendo il suo atteggiamento rilassato e tranquillo.

« e dimmi Garaway Anatom, in che modo posso esserti d'aiuto?» – rispose Tony con il classico tono di voce Tivoliano, dal suono molto metallico. «Ecco, in realtà ho perso il mio lasciapassare. Ne ho recuperato uno di scorta, ma questo che sto utilizzando in questo momento potrebbe essere disattivato da un momento all' altro. Per

129

vari motivi che non posso ora spiegarti, e che assolutamente non ti creeranno nessun tipo di fastidio, avrei bisogno che tu mi procurassi un nuovo lasciapassare» – disse Gremy senza mezzi termini.

«Caspita! un nuovo lasciapassare! non è una richiesta che fanno tutti i giorni. Di solito chiedono booster, o strane sostanze o armi provenienti dai sistemi esterni. Ma i lasciapassare no, perché sono delle questioni delicate.» – la situazione sembrava complicarsi per Gremy – «vedi Garaway, il problema dei lasciapassare non sono i lasciapassare in sé stessi, ma è il cristallo al loro interno e la programmazione relativa che deve essere fatta. E' davvero difficile trovare cristalli del genere con tale tipo di programmazione, spesso dobbiamo fare anche viaggi interstellari di parecchi giorni per procurarceli.» – ed ora, Gremy si aspettava la buona notizia, perché i venditori erano sempre soliti dopo un primo discorso fatto di problemi, concludere la loro presentazione con una buona notizia – «Ecco Garaway, si dà il caso che fortunatamente sia in arrivo proprio in queste ore un carico dai pianeti esterni, e che i miei colleghi abbiamo qualche piccolo cristallo che potrebbe fare al caso. Ma il lavoro da fare è veramente tanto, ed il costo è relativamente diciamo alto. Ti andrebbe questo lasciapassare per domani?» – e Gremy non credeva alle sue orecchie, si poteva fare! quindi rispose – «Si per domani va benissimo. Ovviamente mi piacerebbe che fosse programmato per almeno un mese di permanenza.» – «D'accordo» rispose Tony. «Domani a mezzogiorno, ripassa di qui e porta 25000 crediti, ovviamente su tessera anonima. A transazione effettuata, avrai il tuo lasciapassare. E mi raccomando, non creare problemi! se non porti i crediti, perderò la pazienza! se porti meno di 25000 crediti perderò la pazienza lo stesso! e se ti rimangi la parola, facendo perdere tempo a me ed ai miei colleghi, perderò doppiamente la pazienza! Mi sono spiegato?» – e con questo testamentario interrogativo, poggiò con forza il termovisore sul tavolo e rimase fermo con il caso puntato nella direzione di Gremy. - «25.000 crediti! porca balena blu del mare Terribile! dove li trovo io 25000 crediti in poche ore?» stava per sputare questo problema in faccia a Tony, ma poi Gremy decise di risolvere quel problema più tardi. Ormai stava giocando pesante e non poteva far innervosire Tony Durante. «Va bene Tony, sei stato chiarissimo. Domani a mezzogiorno verrò a ritirare il lasciapassare. Grazie per il tuo aiuto» – «Bene Garaway Anatom, ora lasciami continuare a lavorare. Dirò alle guardie che è tutto a posto e potrai ritornare domani in tutta tranquillità.» E questo era il massimo della gratitudine e della gentilezza di un Tivoliano criminale. In pratica "se non ti faceva ammazzare ti stava facendo un piacere".

Gremy, quindi, uscì dalla stanza e ritornò all' elevatore, salutando il Cinturiano che era di guardia e che rispose con un «Mhhrooooooarrrrr…» ancora più cattivo. Probabilmente se fossero stati soli, il Cinturiano avrebbe attaccato, tanta era la sua voglia di entrare in azione. Ma Gremy comprese il suo stato d'animo e non ci fece caso. Scese al primo piano e salutò anche Shrem, che sembrava un tantino annoiato anche lui.

Poi finalmente Gremy uscì dal Club Entrolè, e si ritrovò da solo con un problema ancora più grande del lasciapassare: i 25000 crediti da trovare in poche ore! oppure non ci sarebbe più stato un Garaway Anatom!

quando uscì dal Club, purtroppo il sole era già tramontato e si trovava dalla parte opposta di Mattistero, e nemmeno le lune rischiaravano quella notte buia e profonda. Era davvero una notte scura anche per via dell'orbita delle lune. Gremy si guardò intorno, e dato l'orario molti negozi erano chiusi ed il traffico di gente che circolava per la via Maggiore era diminuito moltissimo. Gremy arrivò camminando e pensando fino all' incrocio principale di Via Maggiore con l'ingresso di Skater Tempuri, e notò con suo disappunto che la bellissima Lucinda, della confraternita del Tempo, non era più nei paraggi. Era attratto moltissimo anche dalla confraternita, ma purtroppo al momento non aveva tempo per quello. Doveva trovare 25000 crediti in poche ore. «ma che strano» pensò aprendo la mappa digitale che aveva con sé e poggiandola su un display trasparente di un negozio vicino. «Quando mi sono risvegliato ieri, avevo la mia tessera anonima ma con dentro

25000 crediti, ed anche la scheda di memoria della mia navicella. È davvero una strana combinazione che ora io debba trovare 25.000 crediti». Prese la sua tessera anonima, e diede una rapida controllata al saldo attuale. Aveva al momento 17000 crediti e ne mancavano almeno 8000. Era una cifra altissima, considerando che un anno di stipendio di un comune Mattisteriano si aggirava sui 6000 crediti. Quindi richiuse la sua mappa digitale e la ripose in tasca, e si guardò in giro per cercare una soluzione in fretta al suo problema.

Guardò proprio vicino all' ingresso di Skater Tempuri e cosa vide? Il Casinò! Era situato proprio vicino all' incrocio dell'ingresso con Via Maggiore, ed era una delle principali mete turistiche di Skater Tempuri. Era molto grande, spumeggiante, con moltissimi display e droni promozionali che ronzavano intorno come in un formicaio.

Quella poteva essere una occasione per racimolare più crediti possibili in poco tempo! Anche se era una missione già di per sé quasi impossibile, perché i Casinò sono costruiti per raccogliere crediti, non per donarli in beneficenza! Ma comunque Gremy voleva rischiare e provare. Sapeva in fondo che le cose sarebbero andate per il verso giusto, perché il giorno prima si era alzato già con il verso giusto.

La glicosia diveniva più forte ad ogni metro che faceva in direzione del casinò. Già un paio di droni gli si erano avvicinati, offrendoli due giri turistici che prontamente Gremy aveva rifiutato. Lasciandosi trasportare dalla glicosia, e facendo ondeggiare il tessuto connettivo posteriore, Gremy iniziò a sentirsi molto più rilassato e decise che anche se era notte fonda, di spassarsela e divertirsi alla grande. Si stava avvicinando alla grande scala che portava all' ingresso del Casinò, mentre due bellezze Mattisteriane gli vennero incontro, camminando su degli stivali a levitazione magnetica, sfiorando il terreno e donandogli due tessere contenenti dei crediti di benvenuto. Poi le due bellissime Mattisteriane sempre sfiorando il terreno con i loro stivaletti, si diressero alla base della scalinata dove un altro paio di turisti stavano osservando l'ingresso del casinò. Nel frattempo, Gremy salendo le scale, incrociò un altro paio di Cinturiani che uscivano dal casinò leggermente ubriachi e che fecero tremare le scale dal loro enorme peso fuori controllo, ed un altro paio di Tivoliani avvolti dal loro casco specchiato che sembravano esausti.

Finalmente poi Gremy entrò nel casinò, e subito si diresse verso il grande esagono che faceva da bar ed acquistò con i crediti ricevuti una glaciascona semifredda. Poi decise di andare al tavolo del Cassa & Spara, mentre sorseggiava la sua glaciascona. «Punta sul 24, statisticamente dovrebbe uscire» diceva un ufficiale Mattisteriano ad un suo amico, mentre tre Tivoliani erano immersi nei loro calcoli e cercavano di calcolare la probabilità di uscita dei nuovi numeri. «la Cassa è pronta, al mio tre si inizia» diceva un magro conduttore del gioco. Nel Frattempo, un Cinturiano punto altri crediti sul 37 poggiando la sua grossa mano sul lettore di crediti. «Cassa uno... cassa due... e cassa tre!» – «Bene cassa Chiusa. Il gioco spara!» ed il rituale andava avanti. Questo era il gioco del Cassa & Spara! Al centro del tavolo c'era una sorta di oggetto poliedrico esagonale, con tantissimi numeri, inseriti su ogni singola faccia esagonale del poliedro. Il poliedro esagonale veniva fatto roteare velocemente, poi un cannoncino laser dopo un ben preciso timer di circa tre secondi, sparava un raggio che colpiva casualmente un esagono del poliedro. Il Poliedro poi cessava di girare, ed il numero veniva proiettato sulla parete display presente al tavolo, dando quindi l'esito delle puntate e le vincite. «57. Cassa & Spara vince il numero 57. Pagamenti in corso. Tra poco si riprende con un nuovo giro» diceva il conduttore, mentre l'intelligenza artificiale collegata al gioco effettuava gli incassi ed i pagamenti.

Gremy guardò tutta la scena, e si sentiva combattuto, perché da un lato non avrebbe mai voluto giocare a quel gioco poco "controllabile" e dalle scarse probabilità di vittoria, ma dall' altro quella scena come gli sembrava familiare! tutto appariva quasi come fosse già vissuto... Come se avesse già giocato a quel gioco tantissime volte! se solo si potesse ricordare i numeri in sequenza, magari avrebbe vinto un sacco di crediti! Ma tutto questo aveva un senso oppure era l'effetto della glaciascona?

Nel frattempo, si era spostato dal tavolo del Cassa & Spara e si stava

133

dirigendo presso un altro settore del Casinò.

«Non può essere, non può essere!» gridava ad alta voce un Mattisteriano che davanti ad una macchina mangiacrediti litigava con un altro «Ti dico di sì, era uscito il super Jackpot ma poi la macchina non me l'ha voluto dare, è rimasta come bloccata» – «non può essere! non può essere!» ripeteva l'altro Mattisteriano - Ma sì te lo giuro! questa macchina mi ha fregato! non sono nemmeno ubriaco stasera!!» urlava il primo Mattisteriano molto alterato.   «Forse dovremmo andare ad esporre la faccenda in direzione» -. «No!» rispose l'altro «Non può essere! non può essere, queste macchine non sbagliano mai» e i due Mattisteriani litigando stavano venendo quasi alle mani. Gremy era proprio là vicino e si accorse che il tessuto connettivo di uno dei due stava mutando, segno che stava probabilmente per colpire. cercò di aiutarli avvicinandosi con la sua glaciascona semifredda ed intromettendosi. «Ehi voi, che cosa succede» chiese amichevolmente «Cosa diavolo vuoi tu?» rispose il secondo Mattisteriano, il più scontroso dei due «Oh volevo solo giocare anche io alla macchina mangiacrediti, ma ho visto che stavate litigando per qualcosa, c'è forse qualcosa non va?» rispose Gremy, mentre l'altro si stava arrabbiando ancora di più ed il suo tessuto connettivo era diventato duro - «Dovresti imparare a farti gli affari tuoi!» rispose ancora più arrabbiato di prima. Gremy prese la glaciascona che gli era rimasta e la stava porgendo al Mattisteriano, mentre il tizio aveva già mutato il braccio destro in un piccolo coltello e si era messo in posizione pronto per colpire. Forse si aspettava che Gremy lo colpisse o facesse qualcosa del genere, ma Gremy disse «Va bene, ho deciso che non giocherò più alla macchinetta mangiacrediti. Scusate se mi sono intromesso, vi lascio questa glaciascona perché a me non va più e andrò a farmi un giro da un'altra parte» e così dicendo lasciò il bicchiere di glaciascona proprio in mezzo ai due litiganti, lasciandolo quasi cadere con decisione.

Il secondo Mattisteriano, con il braccio che non era mutato in uno scatto prese al volo il bicchiere di glaciascona di Gremy e rimase imbambolato a guardare Gremy ed il suo comportamento.

134

«Bene, vai a farti un giro!» disse il Mattisteriano, smettendo di litigare con il suo compagno e affermando «Noi adesso andremo ad esporre la questione alla direzione del casinò.». il secondo Mattisteriano invece annuiva, mentre stava sgargarozzando tutta la glaciascona in brevissimo tempo e con la più totale avidità.

Questa era una caratteristica di Gremy, caratteristica della quale lui non ci faceva caso ma che era presente sempre nei suoi rapporti con il mondo esterno. A volte riusciva a risolvere le cose solo con la presenza. Le cose e le personalità misteriosamente si "aggiustavano" solamente grazie alla sua presenza. Si poteva classificare la cosa quasi ai livelli della magia, ma Gremy sinceramente ne era così abituato che non ci faceva nemmeno più caso.

Lui pensava che tutte le cose al mondo funzionassero in quel modo. Gremy intanto se ne era andato contento di aver fatto una buona azione mettendo pace tra i due giocatori e seguiva incuriosito presso un altro tavolo del gioco dei dadidati, un personaggio vestito di nero che era vicino ed in mezzo a tutti gli altri giocatori e seguiva le puntate al tavolo dei dadidati.

Un grosso Cinturiano era al capo del tavolo e buttava i dadidati con pochissima della sua forza, ma ciò nonostante i dadidati venivano lanciati così forte che rimbalzavano nel tavolo almeno quattro–cinque volte prima di fermarsi. Tutti gli altri giocatori riuscivano massimo a farli rimbalzare due volte.

Il grosso Cinturiano che era a capo del tavolo scommetteva sempre sui numeri pari, ma sfortunatamente continuavano ad uscire numeri dispari, ed era molto arrabbiato in quanto stava perdendo moltissimi crediti e con la sua piccola intelligenza non riusciva a capacitarsi di quella strana combinazione.

Gremy intanto si era distratto seguendo le mosse del Cinturiano, e inavvertitamente aveva perso di vista lo strano personaggio vestito di nero. Chi era? un Mattisteriano? Qualcuno dei pianeti esterni? Sembrava non indossare una tuta spaziale, il che escludeva il fatto che potesse essere un Tivoliano. La corporatura era media piccola, quindi non era un Cinturiano. Chi poteva essere e cosa ci faceva lì? Non indossava mostrine o altri segni di riconoscimento, ma semplicemente una sorta di mantello nero. E ad un tratto, Sembrava improvvisamente e completamente sparito, scomparso. «che strana coincidenza» pensò Gremy, «incontrare un personaggio anonimo in un casinò ultra controllato e protetto dove tutti sono schedati» e mentre pensava questo lasciò perdere il tavolo dei dadidati per ritornare al tavolo del Cassa & Spara.

Prese una delle tessere che gli avevano regalato all' ingresso, e trasferì su una di esse 2000 crediti, con l'intenzione che dovevano diventare almeno 20.000, una missione impossibile!

Si avvicinò al tavolo del Cassa & Spara, studiando minuziosamente i tre Tivoliani che facevano nuovi calcoli matematici ad ogni puntata e risultato del Cassa & Spara.

Stavano cercando di applicare la teoria del calcolo statistico ed infinitesimale alle puntate e ad i numeri del Cassa & Spara. Ma naturalmente, osservando i numeri e le puntate… i conti non tornavano mai! Ecco, ora in base ai calcoli sarebbe dovuto uscire il numero 86, con un ritardo di circa 58 volte e con una frequenza pari al 5%. Secondo i calcoli Tivoliani, la probabilità di uscita nella prossima estrazione era del 90%.

Gremy guardò la proiezione statistica, e puntò 150 crediti sul numero 86. «Bene, la cassa è pronta al mio tre si inizia» – il direttore del gioco dettava i suoi ritmi, mentre il resto dei giocatori puntava su svariati numeri. Un altro giocatore si accodò a Gremy e puntò anche lui 200 crediti sul numero 86, «Cassa uno… due …. Tre!» – «Bene Cassa chiusa! il gioco Spara!» ed il poliedro iniziò a ruotare…. Bem! uscì il numero 73. «ecco come vanno queste cose. Non si possono prevedere, perché il casinò ci deve sempre guadagnare altrimenti non esisterebbe» era quello che pensava Gremy, avendo perso 150 crediti. Ne rimanevano altri 1850 in quella tessera. Intanto i tre Tivoliani litigavano tra di loro e continuavano ad esaminare e calcolare in maniera ancora più fervente producendo ancora più teorie e calcoli in uno spettacolo divertente.

«Bene, la cassa è pronta, al mio tre si inizia», continuava il direttore del gioco. I ritmi erano davvero molto veloci, perché più velocemente si andava più era divertente, più la tensione cresceva, e soprattutto più il casinò incassava i crediti.

Passarono diverse ore e non si riusciva mai a prevedere quale numero uscisse. Il numero 86 non era uscito per ben 170 volte e naturalmente in quel modo la sua frequenza era diminuita di molto. I Tivoliani non sapevano più che teoria applicare, dato che i loro calcoli non stavano funzionando.

Gremy dopo aver perso circa 1900 crediti, si alzò dal tavolo ed andò a prendere un'altra Glaciascona ghiacciata al bar. Parlò brevemente con un altro ufficiale Mattisteriano, che doveva andare a trovare la moglie fuori città ma non poteva al momento allontanarsi da Skater Tempuri, perché avevano bloccato i lasciapassare in entrata ed in uscita. Era molto triste, e Gremy cercò di tirarlo su di morale spiegandogli che il blocco era solo di pochi giorni forse al massimo un paio.

Poi decise di farsi un altro giro, magari per trovare un altro gioco sui cui scommettere, e trovò in una saletta secondaria alcune scommesse al gioco del Trouche Binoche. Ovviamente era molto bello guardare le partite e scommettere in diretta, ma il gioco del Trouche Binoche era molto più lento degli altri giochi ed una partita per arrivare alla fine a volte impiegava anche più di un'ora. Quindi dal punto di vista di far soldi in breve tempo, quello non era uno dei giochi migliori.

Infatti era anche messo in una saletta secondaria, ed era seguito solo dagli appassionati del settore e le scommesse erano davvero molto poche.

E mentre Gremy osservava la scena, e beveva la sua glaciascona, vide passare da dietro le sue spalle il personaggio vestito di nero. «eccolo, ancora lui!» pensò Gremy, così iniziò prima a seguirlo con lo sguardo e poi ad inseguirlo anche fisicamente. Il personaggio vestito di nero andò nel salone principale poi scomparve nuovamente dietro due file di macchinette mangiacrediti.

Gremy scattò e iniziò a guardare scrupolosamente in mezzo alle macchinette, ed anche sulle restanti file, notando uno per uno sia i posti vuoti delle macchinette sia i vari giocatori. Ma del personaggio vestito di nero nessuna traccia. «ma che strana questa cosa. C'è qualcuno che mi sta osservando? chi è questo tizio vestito di nero?» e mentre Gremy pensava questo, finì di sorseggiare la sua Glaciascona che aveva ancora in mano e si mise a giocare alle macchinette mangiacrediti.

Purtroppo, se si chiamavano in quel modo era perché le probabilità di vincita erano davvero bassissime. Nel 99,99% dei casi si perdeva sempre. Raramente, ma molto raramente, qualcuno vinceva qualcosa ed erano leggendarie le volte in cui qualcuno sbancava e raccoglieva un mare di crediti grazie a quelle macchinette.

Gremy perse altri 200 crediti e poi decise di smettere di giocare a quelle macchinette infernali. Intanto la notte era ancora più inoltrata, ed iniziava un poco a farsi sentire la stanchezza.

Gremy ritornò al bar, per prendere una nuova Glaciascona, quando intravide nuovamente tra il bar ed il tavolo del Cassa & Spara il misterioso personaggio vestito di nero.

Questa volta Gremy guardò con più attenzione, e notò che sul braccio sinistro, mentre un lembo del mantello nero era sollevato, il personaggio aveva un oggetto familiare… il transfiguratore quantico! Come faceva ad averlo se era disponibile solo un prototipo che gli aveva prestato il Dottor Cannister?

«Questa è una stranezza, devo indagare assolutamente» decise Gremy e ritornò al tavolo del cassa & Spara cercando di non perdere di vista il personaggio dal mantello nero. Il barista intanto era rimasto con la glaciascona in mano e richiamava a gran voce «Garaway, qui il suo drink è pronto! la glaciascona deve essere servita ghiacciata! venga subito a prenderla» ma Gremy aveva altre priorità al momento. I crediti che aveva a disposizione erano solamente 1500, ed inoltre c'era quel personaggio dal mantello nero che lo incuriosiva… Stava perdendo una fortuna, e con essa anche le speranze. Come avrebbe potuto fare? Intanto cercò di seguire il personaggio dal mantello nero, che avvicinandosi al tavolo del Cassa & Spara, tirò fuori dal mantello il suo braccio, quello dove Gremy aveva intravisto il configuratore quantico, e mostrò a Gremy tre sue dita.

Erano dite umanoidi, come quelle di Matthew, che Gremy ricordava di aver visto a bordo della sua navicella.

Il personaggio col mantello nero mostrò prima le tre dita, poi ne mostrò una sola. 3 ed 1. Poi dal suo lungo mantello cadde per terra inavvertitamente un piccolo oggetto rosa. Sembrava un piccolo contenitore con qualcosa di rosa. E mentre Gremy dal tavolo del Cassa & Spara correva verso quel personaggio vestito di nero, un paio di Cinturiani si misero in mezzo mentre cercavano anche loro di andare al bar a prendere un drink.

Gremy venne così bloccato e guardò oltre i Cinturiani, ed il personaggio dal mantello nero era sparito nuovamente. E la cosa strana era che nessuno sembrava notare quel personaggio, nessuno al di fuori di Gremy.

Lo strano oggetto che era caduto per terra era ancora lì vicino al tavolo del Cassa & Spara e Gremy ritornò nei suoi paraggi e lo raccolse.

Visto da vicino era molto strano, una apparente lega metallica che aveva incastonato nel mezzo un cristallo rosa, molto simile al manufatto che aveva trovato a casa di Amina il primo giorno. Tuttavia, questo cristallo non dava nessuna strana sensazione al tatto come invece accadde con quello a casa di Amina. Sembrava quasi come fosse scarico o esaurito o roba del genere.

Gremy lo esaminò velocemente e rapidamente lo rimise in tasca. La notte era ormai inoltrata e la stanchezza iniziava a farsi sentire molto seriamente.

Gremy, come spinto da qualcosa di inspiegabile, fece una cosa al di fuori di ogni apparente logica. Normalmente non avrebbe mai agito in quel modo, ma in quel particolare frangente, in quella situazione inaspettata, un istinto proveniente da chissà dove gli suggerì di fare altrimenti. Prese tutti i suoi ultimi crediti, e giocò tutto e unicamente sul numero 31. Le tre dita ed il singolo dito che gli aveva mostrato il personaggio misterioso pochi istanti prima.

«tanto ormai ho perso quasi tutto. Se perdo quindi non cambia nulla. Se vinco invece cambia tutto.» E riassunse nuovamente con questa decisione quel suo particolare stato d'animo tranquillo e rilassato. «Bene, la cassa è pronta, al mio tre si inizia» – il direttore stava iniziando il suo nuovo giro di routine mentre altri giocatori finivano di puntare con le loro tessere olografiche – «Cassa uno…. Cassa due… cassa tre!» – Gremy guardò con stupore i tre Tivoliani, che erano ancora bloccati su quel tavolo a fare conti e calcoli nella loro impresa disperata e non avevano nemmeno puntato a quella particolare puntata. «Bene Cassa chiusa! il gioco spara!» e Gremy guardò prima in giro, per cercare ancora con lo sguardo il personaggio misterioso, e poi con attenzione il poliedro che iniziava a girare vorticosamente.

Quei tre secondi prima dello sparo del laser, gli sembrarono lunghissimi, come se in realtà divenissero tre minuti, dilatandosi nello spazio-tempo…per un breve momento, le cose gli parvero come muoversi molto lentamente, come viste in un film ad effetto rallentatore…. poi Bem! il laser sparò su un numero del poliedro.

il poliedro smise di girare, ed uscì il numero 31! «Cassa & Spara, il numero 31 vince!» disse il direttore del gioco, e i tre Tivoliani rimasero fermi, con i caschi puntati all' angolo del tavolo dove sedeva Gremy. Si poteva vedere l'immagine olografica della puntata di Gremy, il suo numero scelto e la cifra vinta, e tali informazioni fluttuavano in azzurro nell' aria appena sopra il tavolo. Per un attimo ci fu qualche secondo di silenzio, mentre si sentiva solamente il rumore dell'intelligenza Artificiale che assistendo il direttore del gioco, si occupava di effettuare i pagamenti e le riscossioni sul tavolo da gioco. «116.387 crediti» mostrava l'intelligenza artificiale, e questi crediti olografici partirono dal tavolo principale del gioco Cassa & Spara e finirono dritti dritti di fronte alla faccia di Gremy. I suoi quattro occhi erano spalancati e fissi, quasi increduli, nel vedere fisicamente tale somma che veniva depositata sulla sua tessera. Appena l'intelligenza artificiale cominciò a scaricare il denaro, e la vincita divenne effettiva, i tre Tivoliani iniziarono a litigare tra di loro ed il chiasso ritornò prepotente a quel tavolo. I Tivoliani ricominciarono a calcolare e discutere, un Cinturiano seduto qualche posto più in là perse la pazienza e tirò un piccolo spintone al tavolo facendolo vibrare fortemente, mentre altri

140

Mattisteriani iniziarono a fare altre puntate e a ridere e scherzare.

Gremy prese la sua tessera, si alzò immediatamente ed andò a fare un breve giro nel locale finendo di bere la sua ultima glaciascona ghiacciata. La notte era inoltrata, e tra poco avrebbe fatto giorno, e in un modo o nell' altro era riuscito ad ottenere quello che gli serviva.

Ripassò presso la zona delle macchinette, e intravide una signora ben distinta che giocava ancora alle macchinette mangiacrediti. Inseriva ripetutamente i crediti uno dietro l'altro, ma non accadeva nulla! La macchinetta continuava a girare ed a restituire risultati nulli! Stava facendo veramente il suo dovere.

Gremy finì la sua glaciascona, e passando vicino alla distinta signora la salutò ed avvicinò la sua tessera a quella della signora impostando una transazione. «Gentile signora, questi 1000 crediti sono un omaggio per festeggiare la bellissima serata che ho avuto. Le offro anche una glaciascona al bar, questa sera sarà festa anche per lei. Si goda il divertimento e vada a casa.» E così facendo vide la faccia della signora che cambiò forma, gli occhi piccoli in basso rimasero aperti, segno tipico dei Mattisteriani che indicava incredulità e stupore.

La signora sembrava voler continuare a parlare, ma Gremy era veramente molto stanco ed uscì repentinamente dal casinò con il suo malloppo in tasca! Il primo cupotel abitativo che trovò per strada fece al caso suo. Entrò noncurante sia dell'arredamento che del prezzo che di tutto il resto, prese la prima camera disponibile e pagò subito la notte con i suoi crediti, senza nemmeno curarsi del prezzo.

Poi finalmente salì nella sua cupola abitativa privata, chiuse a chiave la stanza, inserì la coperta rigenerante in carica e collegata alle sue gambe, e fece un meritato riposo dopo una giornata così intensa e faticosa.

CAPITOLO QUINTO - Scontro a fuoco

«zzzert...zzzert...» la sveglia automatica del suo minicomputer portatile svegliò Gremy quella nuova mattina a Skater Tempuri. Il sole era già alto, e le due lune di Ganimede e Tadiozuma erano momentaneamente fuori dall' orizzonte visivo.

La giornata sembrava tempestosa, ma il vento e le raffiche di cobalto sembravano solamente un ricordo su Skater Tempuri, dato che si trovava sempre cinque minuti circa nel futuro.

Gremy schiarì la finestra della sua cupola abitativa, e poté scorgere, quasi come un ricordo del passato, le grosse nuvole bluastre oltre la cupola temporale di Skater Tempuri. «Eh sì, credo che per i miei amici oggi non sia proprio una bella giornata. Vero ragazzi?» disse Gremy al suo mini pc portatile, preparando proprio in quel momento un messaggio da inviare.

Poi ci ripensò su, e decise di cancellare e non inviare il messaggio. Anche se era protetto dalle trasmissioni governative di Skater Tempuri che erano indecifrabili dall' esterno, inviare un messaggio era comunque prematuro ed avrebbe potuto rivelare la sua posizione ai militari che probabilmente lo stavano ancora cercando. Anni di esperienza come tecnico incursore in operazioni militari di copertura gli avevano insegnato bene il mestiere e tutti i suoi trucchi. «Attaccare il nemico muovendosi nell'ombra, di soppiatto e poi sferrare l'attacco con forza quando meno se l'aspetta.» Questa era una delle massime principali che insegnavano all' accademia. Il fattore sorpresa era un fattore determinante per il successo. Quasi come stava accadendo a casa del Dott. Cannister, quando i militari facendo irruzione stavano per prenderlo di sorpresa. Quindi decise per il momento di lasciar stare i suoi amici e non inviare il messaggio anche se gli dispiaceva. Ripensò invece alla serata appena trascorsa al casinò, e allo strano personaggio misterioso vestito di nero che aveva incontrato al tavolo del Cassa & Spara. Decise che quello era un fattore importante per mettere ordine nella sua storia, quindi riaprì la sua mappa digitale che portava sempre con sé, e mise l'incontro col personaggio misterioso come nuovo fattore in gioco in quello schema temporale che a mano a mano andava componendosi Scrisse «probabile umanoide? Matthew?» per ricordarsi in un appunto di quella mano che aveva intravisto e che aveva le sembianze umanoidi. Tuttavia, non sembrava un umanoide, perchè era alto quanto un Mattisteriano, che mediamente era sempre più alto quasi il doppio di un comune umanoide. I Mattisteriani arrivavano come corporatura ad altezze di circa 3 metri, contro invece gli scarsi due metri degli umanoidi, decisamente quindi molto più piccoli. Gremy fece anche un rapido paragone con tutte le altre razze che conosceva, i Cinturiani, i Tivoliani, i Crepuscoliani, gli Insettoidi e naturalmente gli umanoidi. «Molto strano il profilo della forma esterna non corrisponde con nessuno di questi» pensò Gremy, e la forma che più si avvicinava era proprio quella di un Mattisteriano, ma con quella strana mano da umanoide. Quindi questo rimaneva come un ennesimo dubbio ed un ulteriore indizio da risolvere, nella sua lunga risalita dopo il traumatico risveglio. Ma ovviamente tutte queste cose dovevano venire a tempo debito. Ora doveva rispettare l'impegno con Tony Durante, ed andare a prendere il suo lasciapassare per poi andare a chiarire la sua posizione con il comandante generale militare, e liberarsi quindi dalla minaccia di cattura che incombeva su di lui.

Gremy quindi chiuse la mappa e se la rimise in tasca, staccò la coperta e notò con molto piacere che le sue gambe si erano quasi totalmente riprese dall' incidente. Il loro tessuto connettivo funzionava quasi alla perfezione e Gremy riuscì anche solo per pochi secondi a rIcreare alcune forme a piacere, utilizzando solamente la parte inferiore del corpo.

Quindi di buon umore, uscì dal cupotel e si diresse nella direzione del quartiere nord di Tony Durante. Ovviamente riprese le sembianze di Beltemer, per continuare con il suo "travestimento".

Giunse così al Club Entrolè, che però la mattina sembrava totalmente deserto. La notte di solito c'era molto più movimento.ma l'appuntamento per il lasciapassare era appunto alle 11 circa, e quindi Gremy arrivò puntuale. C'erano altre due guardie Cinturiane all' ingresso, probabilmente facevano i turni.

Gremy parlò con una di loro, presentandosi ovviamente come Garaway Anatom – con le sembianze di Beltemer – mossa strategica per non lasciare tracce e confondere eventuali investigatori militari. Ovviamente, per sicurezza Gremy montò il suo transfiguratore quantico sul suo braccio sinistro, ma decise di utilizzarlo solamente in caso di effettivo pericolo, perché era veramente molto scomodo e doloroso dal punto di vista fisico.

La seconda guardia che faceva da palo, gli disse la parola d'ordine che era cambiata. Il tono dei cinturiani appariva sempre scorbutico e scortese e spesso esageratamente con volume molto alto. «mmmrooooahhhr...quando entri al piano superiore devi dire ho stato capito che la voleva essere fatta una chiamata» – «e poi quando ti faranno la domanda, qualsiasi essa sia, devi rispondere: La balena nel ghiaccio. Se non fai quanto sopra, verrai eliminato.», «la solita procedura Cinturiana» pensò Gremy, ma ovviamente fece ben attenzione a non far trapelare fuori i suoi pensieri. «d'accordo» rispose a tono al Cinturiano ed entrando nel Club si diresse all' elevatore. Durante il giorno entrava un po' più di luce in quell' ambiente, che comunque rimaneva sempre tetro ed in penombra. Gremy notò che poco distante dall' elevatore vi erano degli stivali, con alcuni segni di fluido azzurro, segno che qualche Mattisteriano la sera precedente aveva avuto qualche problema, probabilmente con le guardie.

Ma ovviamente in un posto in cui si contrabbandava, non c'era da aspettarsi un ambiente pulito ed informale. E soprattutto bisognava stare attenti alla propria incolumità. Per fortuna i suoi crediti erano a posto su una tessera anonima, perchè per poter effettuare una transazione i sistemi Mattisteriani effettuavano molteplici controlli, sia di tipo biometrico (come la voce, le impronte delle sei dita) sia su varie parole d'ordine che si potevano utilizzare per autorizzare la transazione dei crediti. Ed inoltre requisito fondamentale era il possesso fisico della tessera, il che faceva divenire il furto di crediti una cosa molto improbabile e difficile. Tuttavia, invece l'ammazzare e

144

fare a pezzi qualcuno, quello era una attività molto redditizia perché le cellule dei vari corpi potevano essere riutilizzate per curare gli altri Mattisteriani, specialmente maschi, che potevano avere problemi strutturali, e venivano vendute ad un ottimo prezzo al mercato nero.

Quindi Gremy guardando i segni sul muro, capì che fine aveva fatto il padrone di quelli stivali vicino all' elevatore. Comunque, prese proprio l'elevatore e arrivò su incontrando l'altra guardia Cinturiana con il solito cannone sovradimensionato. «mmmmhrooooar...» – la mattina i Cinturiani sembravano più irrequieti del solito facendo i loro soliti versi e mugugni di rabbia – «Piccolo ufficiale scarnificato, cosa ci fai qui, chi ti manda?» , solita domanda trabocchetto fatta puntando il supercannone dritto dritto sulla faccia del povero malcapitato. «Ho stato capito che la voleva essere fatta una chiamata» rispose Gremy... il Cinturiano aveva intuito che Gremy conosceva la parola d'ordine, e che quindi non ci sarebbe stata nessuna battaglia! quei tizi fremevano per scatenare e sfogare tutta la loro forza. D'altronde erano costretti a fare le cose con dieci volte meno l'energia che avrebbero usato sul loro pianeta... erano frustrati! il Cinturiano, quindi, batté il suo piede sull' elevatore con una forza leggermente superiore al solito, e si udì un boato!

L'elevatore oscillò per un attimo e fortunatamente la sua struttura assorbì il colpo senza rompersi. «Chi ti manda? Chi? Chi? Chi???» – chiese il Cinturiano sempre più arrabbiato e frustrato, perché avrebbe voluto volentieri polverizzare quel Mattisteriano in ascensore. «La Balena nel ghiaccio» rispose Gremy. Il Cinturiano sbuffò, fece un passo indietro e malinconicamente, con la sua voce profonda e roca disse «E' pulito.... Mhhhoooorooooarhhhh» e lentamente si fece da parte lasciando spazio davanti all' elevatore e permettendo a Gremy di entrare. I tavoli presenti subito dopo l'ingresso erano vuoti, e c'erano un sacco di oggetti accatastati, alcuni strani e di forme mai viste, e a Gremy sembrò quasi una discarica, anche se in realtà quegli oggetti avevano un grande valore.

La sua attenzione, mentre passava dalla stanza dell'anticamera all' ufficio di Tony Durante, si soffermò velocemente su una sorta di guanto metallico, molto simile al guanto che aveva visto indossare all' umanoide Matthew sulla sua navicella. Però questo guanto non aveva le gemme incastonate e non pareva avere la stessa forma. Sembrava quasi un pezzo di replicante proveniente dai pianeti esterni, oppure un arto usato di qualche drone da compagnia o da combattimento. C'era anche esposto a fianco una sorta di tubo semitrasparente, con all' interno una sostanza semifluida anch'essa di colore azzurro-bluastro, che si muoveva lentamente. Gremy non sapeva se fosse del fluido di qualche Mattisteriano, oppure qualche molecola proveniente dai mondi esterni. Rimase così per un attimo a guardarla, quando venne interrotto dalla voce robotica di un Tivoliano «Bella vero?» disse questo nuovo Tivoliano avvicinandosi a Gremy e mettendosi proprio in mezzo al corridoio che portava verso l'ufficio di Tony durante. «Ora Tony è impegnato con un altro ufficiale, dovresti pazientare qualche minuto. Quello che stai osservando è un campione di una protomolecola presa oltre la cintura esterna di Poconandia. Si tratta della leggendaria protomolecola utilizzata dai Camminatori.» – Gremy ne aveva sentito parlare all' Accademia, ma non ne sapeva molto al riguardo. «Va bene, nel frattempo potresti dirmi qualcosa in più?» – «Certo» rispose il Tivoliano, con fare quasi sospettosamente amichevole «si tratta di un campione appunto della protomolecola, un organismo senziente molto simile, ad esempio, alla vostra struttura del tessuto connettivo, che in pratica apprende la struttura e le abilità delle altre forme di vita con cui viene in contatto. Questo campione ha un valore di mercato leggendario, come il suo retaggio.» «Caspita» rispose Gremy «quindi è come un Mattisteriano che può replicare qualsiasi tipo di forma che voglia?» – «No» – disse seccamente il Tivoliano che probabilmente aveva studiato e sapeva molte cose in più «La protomolecola non replica le forme di vita, le assimila facendole diventare parte di lei. È molto pericoloso entrare in contatto, in quanto non conosciamo ancora il suo scopo fondamentale e le sue intenzioni. Ed è inoltre molto difficile annientarla, poiché tende ad assorbire l'energia utilizzata per distruggerla.» – «già, ma si potrebbe eventualmente studiarla ed analizzarla per magari scoprire come fa ad

146

assimilare ed assorbire l'energia esterna» – replicò interessato Gremy – «SÌ corretto, ma il problema è sia nella connessione fisica che psichica con questa cosa. Sembra che chiunque abbia a che fare, sia fisicamente sia osservandola ne venga in qualche modo influenzato, e alla fine inizi a comportarsi in maniera molto strana. Sembra che la protomolecola possa in qualche modo influenzare il comportamento. Quello che vedi qui è un campione che è costato molte vite, e che è stato sigillato in questa specie di provetta. Per qualche strano motivo, la protomolecola non riesce ad oltrepassare od assimilare le strutture vetrose, ed è l'unica forma di difesa che abbiamo contro questa specie di forma di vita» concluse quindi il Tivoliano. Gremy rimase stupito ed incantato ad osservare tale affascinante fumosa nuvoletta blu, mentre alle sue spalle, nel frattempo, un ufficiale Mattisteriano era uscito dall' ufficio di Tony Durante. Gremy cercò di guardarlo in viso ma l'ufficiale era in modalità "incognito" con il volto irriconoscibile, comportamento standard per qualcuno che andava a fare affari con Tony. L'ufficiale incrociò per un attimo Gremy, poi subito venne ripreso dalla guardia che agitò il supercannone nella sua direzione e disse «mmmmhroooar…. Venga subito da questa parte!» ed intimò l'ufficiale a seguirlo subito nel suo elevatore. Nello stesso momento, il Tivoliano disse a Gremy che poteva seguirlo ed andare nell' ufficio di Tony. Per un attimo Gremy temette il peggio, vedendo l'alto grado di organizzazione di quella banda di manigoldi. Quando erano così organizzati di solito miravano ad un piano preciso, comunque Gremy fece finta di nulla ed assunse il suo solito atteggiamento di calma e tranquillità. Entrò nell' ufficio di Tony, ed il Tivoliano si eclissò nell' ombra da dove era venuto.

Tony rivolse il suo casco specchiato nella direzione di Gremy, e con la sua solita voce robotica disse «Garaway, bravissimo! Sei tornato quindi… avevo già dato incarico ad alcuni miei colleghi di sbrigare la tua pratica, perché ero convinto che non avessi avuto la capacità di onorare il tuo impegno. Invece vedo che pare tu abbia completato quanto richiesto. Questo ti fa molto onore, potrei anche in futuro considerare di chiedere il tuo aiuto per qualche impegno o lavoretto».

«Va bene, ti ringrazio» rispose Gremy. Sapeva che a Tony non piaceva essere contraddetto, e voleva sempre avere la sensazione di essere al centro della galassia. Lui era quello che decideva tutto, controllava tutto, comprava e vendeva tutto probabilmente anche i suoi genitori! «Caro Tony, io ho portato i 25000 crediti. Vediamo di concludere in fretta questa cosa, poi magari parleremo del lavoro più in là. Devo completare alcune cose urgentemente, e ho bisogno subito del mio lasciapassare, spero che tu capisca» disse Gremy e Tony rispose «Bravo, questa è la gente che mi piace avere intorno, dritti all' obiettivo, no distrazioni, no chiacchere! Mestrek! Mestrek! vieni qui subito e porta il lasciapassare!» e si sentì dopo qualche secondo un piccolo trambusto nell' ufficio a fianco. Subito dopo entrò nuovamente in ufficio il Tivoliano che aveva fatto da accompagnatore e che aveva parlato della protomolecola. «Eccolo Tony, è arrivato questa mattina direttamente dagli uffici imperiali!» e diede a Tony quel lasciapassare, che aveva una gemma gialla al suo interno. Di solito erano rosse o azzurre, quello invece era giallo probabilmente perché aveva qualche livello di sicurezza o di permesso maggiorato o migliorato. «ecco qui il tuo lasciapassare, i crediti li puoi depositare in questo lettore» disse Tony, muovendosi lentamente e prendendo da sotto il tavolo un lettore di crediti portatile. Gremy si guardò con circospezione, esaminando lo scenario e le possibili vie di fuga, ed il tempo richiesto per attivare il suo transfiguratore quantico prima di poter contrattaccare un possibile tranello teso alle sue spalle. Ovviamente non pensava veramente né aveva paura di tale situazione, ma era meglio essere preparati al peggio ed avere sempre un piano di riserva, specie quando si aveva a che fare con individui che operavano al di sotto della legalità. Non c'era comunque nessun movimento strano in giro, e Gremy prese la sua tessera anonima con gli oltre 110.000 crediti e pagò i 25.000 crediti a Tony. «Bravo Anatom, davvero un ottimo esempio di comportamento. Nessuna esitazione, nessun baratto o tentativo di contrattazione. Davvero tu mi piaci molto, ti vorrei come membro del mio clan per condurre gli affari con me» – intanto la transazione andò a buon fine, Gremy prese il suo lasciapassare e poi disse «Grazie Tony. Per il momento devo risolvere una questione molto delicata con dei pezzi grossi di Skater Tempuri, poi quando avrò finito con loro passerò magari da qui e ne parleremo meglio. Per il momento ti ringrazio» e così dicendo si commiatò da Tony, trattandolo proprio come un gentiluomo. Tony rimase senza parole, con il casco diritto nella direzione di Gremy, che avrebbe dato chissà cosa per vedere la vera faccia di Tony in quel preciso momento. Tony aveva incassato 25000 crediti illegalmente, con un ufficiale in assetto di copertura, che aveva pagato senza ricatti e senza l'uso delle armi e lo aveva anche ringraziato per il suo servizio! Roba da fare impazzire qualsiasi contrabbandiere.

Ma Tony nonostante tutto rimase calmo e fermo nella sua posizione e Gremy uscì dall' ufficio con il suo lasciapassare.

Salutò anche il Cinturiano vicino all' elevatore ed in pochi secondi uscì dal Club Entrolè. Tornando alla luce del giorno futuro su Skater Tempuri, e godendosi i raggi del sole in quella giornata che era divenuta improvvisamente serena dopo la tempesta mattutina.

Ora, nelle rimanenti 23 ore non rimaneva che la cosa più difficile, cioè riuscire a parlare con il capo dello Stato Militare Mattisteriano, e convincerlo a lasciar perdere l'intera faccenda.

Gremy al momento non aveva altra soluzione, poiché era sempre più convinto di essere stato incastrato.

In quella bellissima giornata, mentre stava nuovamente incamminandosi verso i giardini imperiali, Gremy prese nuovamente lo strano diadema rosa che aveva lasciato il personaggio misterioso al casinò, e lo ispezionò nuovamente tirandolo fuori dalla tasca della divisa. Era una sorta di contenitore metallico, con incastonato un cristallo rosa semitrasparente. Gremy lo tocco nuovamente cercando di aprirlo, ed improvvisamente la sua testa fece «Whammmm!» in un lampo.

Era sulla navicella, e Matthew, tramite sempre il suo traduttore portatile gli stava spiegando che era sulle tracce di un libro antico che spiegava come utilizzare il manufatto che aveva trovato. Si trattava di una sorta di guanto a sei dita, con la possibilità di incastonare al suo

149

interno diverse gemme e che probabilmente dava qualche abilità o capacità sconosciuta. Matthew indossava il manufatto in quel momento, e stava condividendo quella informazione perché si erano accordati sull' aiutarsi a vicenda.

C'era una astronave nemica proveniente da una flotta sconosciuta che li stava inseguendo, e loro si erano nascosti nel sistema solare 459 all' orbita del quinto pianeta, che Matthew chiamava Giove. «Capitano Anatom, l'astronave nemica ha smesso di seguirci circa 12 parsec fa (i parsec erano una unità di misura dello spazio, 1 parsec era pari a circa 10 milioni di kilometri).» una voce femminile stava comunicando attraverso la radio di bordo la situazione relativa alla loro posizione vicino a Giove.

Il pianeta essendo molto grande, costituiva un ottimo schermo con cui ripararsi e nascondersi.

Matthew aveva notato che Gremy aveva la mano con sei dita, quindi probabilmente il manufatto poteva essere più idoneo alla sua specie, che invece a quella umanoide. Matthew aveva cinque dita anziché sei, e forse il manufatto con solo cinque dita non avrebbe funzionato correttamente.

La voce femminile nella radio di bordo continuava ad informare sullo stato della navicella: «La navicella ha riportato un piccolo guasto ai motori, guasto dovuto al primo attacco sferrato dalla astronave nemica, mentre eravamo nei pressi di Alfa Centauri.»

Quei tizi facevano sul serio. «wooooooooow!» esclamò Gremy, lasciando per un attimo il cristallo rosa che aveva in mano e staccando le sue dita da esso.

Aveva appena avuto un ennesimo "flash" di quello che gli era successo! Per qualche strano motivo quei cristalli sembravano anche avere a che fare sia con il tempo che con la mente e produrre alcuni cambiamenti, così Gremy mise da parte nuovamente in tasca il cristallo e riprese la sua mappa digitale.

Appena aperta la mappa, capì alcune cose che parevano impossibili, ma l'evidenza della mappa suggeriva altrimenti.

Decise di condividere appena possibile il tutto con il Dott. Cannister, che probabilmente era uno dei suoi amici più fidati. I soldati erano stati già da lui quindi probabilmente non sarebbero ritornati e probabilmente la casa del Dott. Cannister sarebbe ridiventata un luogo sicuro.

Inoltre il Dott. Cannister non avrebbe rivelato ad altri quelle informazioni importanti, perché era talmente preso dalla smania di scoprire ed inventare nuove cose che avrebbe tralasciato oppure omesso di raccontare quelle cose ad altri.

Quindi Gremy dettò al suo mini computer un messaggio da inviare al Dott. Cannister, messaggio che avrebbe inviato successivamente subito dopo la discussione con il Generale. Intanto decise che era meglio fissare e stabilire la giusta realtà delle cose, per evitare successivamente di essere nuovamente confuso.

«Ecco, Dott. Cannister, il manufatto che aveva l'umanoide sulla mia navicella ha a che vedere sicuramente con il dispositivo che avevo trovato all' interno della base Alfa. Quel dispositivo oltre ad utilizzare un cristallo più grande aveva una chiave esagonale che io ho utilizzato con le mie sei dita, forse il manufatto era un potenziamento o un'estensione o una chiave relativa a quel dispositivo.

Il dispositivo, per qualche motivo, ha creato una sorta di loop temporale riportandomi indietro prima della mia incursione sulla base Alfa, oppure mi ha riportato prima in avanti nel tempo e poi indietro. Fatto sta che mi sono risvegliato successivamente con alcuni oggetti che non avevo prima di quell' incontro, e questo mi suggerisce l'ipotesi matematica del loop temporale. Le manderò maggiori dettagli sulle mie ricerche appena terminerò altri esperimenti che sto conducendo in merito. Per quanto riguarda invece il transfiguratore quantico, sto ancora conducendo dei test e credo che si debba migliorare di molto la gestione dei fluidi corporei, in quanto il suo utilizzo causa un dolore molto forte ed eccessivo. A presto, Garaway Anatom.» E così concluse quel piccolo messaggio, che poi salvò nella sezione «invia per dopo». Almeno poteva contare su un aiuto nello schiarire le sue idee.

Ma cosa era avvenuto veramente dopo il suo incidente? Questo ancora non riusciva a ricordarlo. E Matthew che fine aveva fatto? ed il manufatto? e se si trattasse di un'unica cospirazione per coprire ed insabbiare qualcosa che lui aveva scoperto e che non si ricordava attualmente?

La faccenda era molto preoccupante. Tuttavia, Gremy decise che l'unica cosa da fare era andare a parlare con il capo della Sezione Militare di Mattistero, il Generale Spark.

Il generale trascorreva quasi tutto il suo tempo negli uffici della sezione Militare a Skater Tempuri, tranne quando faceva alcuni viaggi nella confederazione di Poconandia e dei suoi pianeti esterni. Ed altre volte invece era spesso a colloquio con l'imperatore di Mattistero. Essendo il capo della Sezione Militare, aveva accesso anche agli archivi degli agenti sotto copertura come Gremy, e veniva costantemente informato su tutte le attività che facevano i tecnici incursori nei vari pianeti.

Il Generale Spark era un uomo strano, nessuno aveva mai capito le sue vere intenzioni, non si sapeva se fosse una persona buona oppure no, ma l'unica cosa che gli stuzzicava l'interesse erano i combattimenti, le guerre e le armi. Tipico di un generale.

Gremy decise di andare ad affrontarlo a viso aperto, presentandosi direttamente alla sede Militare di Skater Tempuri senza nessun travestimento. Quel posto pullulava di soldati, e nessuno mai si sarebbe aspettato che un ricercato fuggito da un ospedale militare come lui andasse di persona alla sede principale Militare.

Così a poche centinaia di metri dalla grande Sede Militare di Skater Tempuri, Gremy accese il transfiguratore quantico, che era l'unica arma che aveva al momento a disposizione.

Il Transfiguratore iniziò a segnare operatività al 2 per cento. Gremy iniziò nuovamente a sentire dolore sul suo braccio e alla sua mano.

Arrivato alla sede Militare, prese direttamente l'ingresso principale composto da una lunghissima scalinata, e da alcune file azzurre che trasportavano direttamente i Mattisteriani senza fare le scale come una sorta di nastro trasportatore. Gremy prese una di queste scorciatoie sulla lunga scalinata, che misurava circa 50 metri ed era composta da numerosissimi scalini.

In alto vi erano circa quattro guardie ben armate, che molto diligentemente facevano la guardia all' ingresso. Inoltre, sulla porta principale, vi era una sorta di gun-detector che in sostanza faceva la scansione di tutte le cose che arrivavano dall' esterno, e segnalava la presenza di armi o di oggetti pericolosi che avrebbero potuto minare la sicurezza di quel posto.

Gremy arrivò in cima alle scale tramite il nastro trasportatore, mostrò il lasciapassare governativo ad una guardia e si diresse dentro il gun-detector. Il sistema non segnalò per nulla il suo transfiguratore quantico, che doveva ancora attivarsi. Il display segnava «operatività al 11%». Ed il dolore per Gremy si faceva più forte.

Entrato nel palazzo della sezione Militare di Skater Tempuri, si diresse subito agli elevatori, perché sapeva che il generale era di solito nel suo ufficio, all' ultimo piano. Un impiegato addetto allo smistamento di alcune missive digitali in entrata guardò Gremy e subito disse ad alta voce: «Eh ma lei... Sig Garaway Anatom! lei non dovrebbe essere qui...» E Gremy fece finta di nulla e con passo molto veloce si diresse al primo elevatore. L'elevatore si aprì, mentre l'impiegato continuava ad attirare l'attenzione dei presenti e lasciava la sua postazione di lavoro per inseguire Gremy mentre parlava ad alta voce. «Sig. Garaway Anatom! ho visto il suo profilo nelle segnalazioni. Lei non dovrebbe essere qui! si fermi!» e continuava ad alzare la voce facendo sì che altri ufficiali smettessero di fare le loro mansioni per interessarsi alla scena.

Gremy entrò nell' elevatore, e pensò «al diavolo!» e la porta dell'elevatore si chiuse. Digitò poi il piano successivo. Per motivi di sicurezza non vi era un unico elevatore che portasse ai piani alti, ma vi era un sistema di molteplici elevatori suddivisi nei vari piani, per filtrare il traffico di gente in arrivo ed in uscita e garantire una migliore sicurezza dei pezzi grossi Militari.

Gremy, quindi, salì al piano successivo, ed uscì meravigliato dall' attività di quel posto. Vi erano migliaia di celle grandi circa due metri per due, in cui vi erano per così dire incastrati moltissimi ufficiali Mattisteriani che facevano ognuno cose strane.

153

Vi era chi rispondeva ai messaggi, chi parlava al telefono, chi smistava comunicazioni, insomma una attività davvero insolita per un posto del genere e davvero molto rumorosa!

Gremy chiamò ad alta voce con molta fatica un impiegato che stava spostando alcune cataste di memorie digitali da un ufficio ad un altro. «mi scusi!» ma l'impiegato non sentiva, e Gremy ripeté a voce ancora più alta, in mezzo a tutta quella confusione e a quel brusìo ad alto volume. «Mi scusi, dove trovo l'elevatore per il terzo e quarto piano?» – «Ah lei è uno nuovo!» rispose l'impiegato sorridendo. «Deve andare in fondo al corridoio, sulla sinistra, poi troverà l'ingresso di un anticamera dove c'è l'elevatore per i piani superiori» – «Bene» rispose Gremy, convinto che quell' impiegato non lo aveva riconosciuto perché probabilmente non era addetto al controllo del pubblico e delle informazioni classificate. Mentre si avviava verso l'elevatore successivo, Gremy guardò l'indicatore del Transfiguratore quantico che segnava operatività al ventiquattro percento. Il dolore cresceva di pari passo con l'operatività!

Per fortuna in quel piano tutti lavoravano alacremente, e nessuno si accorse della sua presenza, quindi indisturbato arrivò presso il secondo elevatore per salire al terzo e quarto piano.

Tuttavia in lontananza, guardando dietro di sé nel corridoio, vide che il primo elevatore era sceso nuovamente al piano terra, e che stava succedendo qualcosa perché le spie dell'elevatore si erano spente e poi si erano accese contemporaneamente. Segno che l'elevatore era stato disattivato.

Entrò subito nel secondo elevatore, e si diresse al quarto piano ma la cifra digitata non funzionava. Un altro impiegato entrò anche lui nell' elevatore, digitò il terzo piano e poi chiese a Gremy «Va anche lei all' ufficio scartoffie al terzo piano? Mio dio, io proprio non riesco a sopportarlo quell' ufficio. Ci devo andare almeno tre volte al giorno, per consegnare le mie pratiche.» – «No» disse Gremy «per fortuna io non ci vado, è un posto davvero sconfortante. Mi sto dirigendo verso la sezione di intelligence ma sfortunatamente gli elevatori non stanno funzionando correttamente» – intanto l'elevatore iniziò il suo percorso e li condusse al terzo piano – «Eh sì, ogni tanto questi elevatori si bloccano per problemi legati alla sicurezza. Sono eventi molto rari, ma ogni tanto succedono, tipo una volta ogni due o tre mesi o durante le esercitazioni.» - «cavolo» pensò Gremy. Stavano bloccando gli elevatori per arrestarlo. «Ma oltre agli elevatori non c'è un altro modo per salire ai piani alti» – «no, purtroppo» rispose l'impiegato. «Per motivi di sicurezza ci sono solo gli elevatori, oppure gli ascensori di emergenza che però vengono attivati solamente in caso di gravi compromissioni dell'intero edificio. E sinceramente in tantissimi anni di lavoro non li abbiamo mai usati. Buona giornata!» e l'impiegato si diresse quindi con appresso la sua valigia all' ufficio scartoffie del terzo piano. Gremy sembrava in trappola. Probabilmente le guardie di sicurezza allertate, stavano scaglionando piano per piano per arrestarlo ed avevano così bloccato gli elevatori. Guardò il transfiguratore quantico, che segnava operatività al ventinove percento, ancora troppo poco.

Quindi decise che gli serviva un diversivo, ed il travestimento da Beltemer poteva ancora essere utile. Gremy andò nel bagno più vicino, ed assunse le sembianze dell'ufficiale finanziario Beltemer. Questo magari avrebbe rallentato le ricerche.

Uscì dal bagno, e si diresse nel primo ufficio vuoto che trovò. Si trattava dell'ufficio Approvvigionamenti. Prese le prime due pratiche che trovò su alcuni display portatili, si trattava di alcune procedure di acquisto per navi da carico Cinturiane e per un trasmettitore a lungo raggio per intercettori. Proprio quello che serviva in quel momento.

Nel frattempo, tornò all' elevatore, gli serviva una idea brillante! IL transfiguratore quantico era ancora al 36 percento, troppo poco, mentre il dolore nel suo braccio che arrivava ora anche alla spalla, era ancora troppo forte.

Prese dalla sua tasca un pezzo della sua coperta rigenerante, ed attaccò il tessuto connettivo rigenerante al lato dei comandi dell'elevatore, impostandolo in modo che salisse sempre. Poi Gremy prese un altro pezzo del tessuto connettivo della coperta, e lo collegò al magnete del suo stivale sinistro, che con un gesto rapido riuscì ad estrarre dal tallone del suo stivale.

Doveva inventarsi qualcosa! Ci doveva essere un sistema per bloccare le guardie e causare qualche incidente per attivare gli ascensori di emergenza! Inoltre, bisognava localizzare questi ascensori di emergenza, e potevano stare solo in due posti considerati più sicuri nella struttura: o perfettamente al suo interno nel centro più centro possibile, oppure esternamente nel perimetro esterno per scongiurare eventuali danni strutturali o incendi che potevano accadere all' interno della struttura. Nel frattempo che Gremy elaborava il piano, diede una rapida occhiata alla architettura dell' edificio ed al suo interno non vi era traccia nel centro di elevatori o strutture nascoste.

Quindi gli ascensori di emergenza si trovavano esternamente alla struttura! Gremy prese con sé le due pratiche dell'ufficio Approvvigionamenti, che gli servivano giusto come copertura, e si diresse verso i lati dell'edificio dove di solito vi erano i locali per la manutenzione.

Entrò in un magazzino per le pulizie, e si mise a cercare in fretta e furia qualche diluente o reagente per le pulizie. Trovò dell'ammoniaca, ed anche dell'acido per sgrassare bagni e pavimenti. Prese un secchio vuoto che aveva trovato sempre lì nel magazzino e con un contenitore plasmatico lo coprì in modo che venisse chiuso quasi ermeticamente. Poi riempì il secchio di ammoniaca ed Acido, e prese il tutto portandolo verso l'elevatore.

In quel piano stranamente gli uffici erano tutti a porte chiuse con il personale all' interno, per cui Gremy poteva muoversi abbastanza agevolmente senza essere visto.

Arrivò vicino all' elevatore, che aveva già spento le spie segno quindi che era già stato disattivato.

Prese di nuovo il tacco del suo stivale sinistro, dove aveva tolto il magnete, e staccò la copertura metallica che teneva fisso il magnete nello stivale.

Poi prese il pezzo di metallo e lo fissò nel contenitore plasmatico, mettendo il tutto vicino al magnete ad una distanza molto ravvicinata.

Quindi il piano era questo: L'elevatore prima o poi sarebbe stato richiamato verso il basso, per permettere agli agenti di sicurezza di accedere a quel livello ed effettuare la perlustrazione del piano.

Ma la sua coperta rigenerante avrebbe agito al contrario, controllando temporaneamente l'elevatore per portarlo verso l'alto. Il conflitto tra il richiamo verso il basso ed il richiamo verso l'alto, avrebbe dato sufficiente energia a sovraccaricare il tessuto connettivo che portava energia al magnete. Gremy sistemò il tutto, poi vide due impiegati che uscirono da un ufficio in mezzo al corridoio, e si dirigevano proprio verso l'elevatore!

Gremy lasciò lì tutto il suo piccolo congegno, mentre proprio in quel momento si era accorto che le spie dell'elevatore si erano riaccese e che quindi doveva fare in fretta. Prese le sue due pratiche dell'ufficio approvvigionamenti, e si diresse molto velocemente proprio frontalmente verso i due impiegati che erano in mezzo al corridoio.

«Scusate! mi avevano proprio detto di voi due!» disse Gremy, importunando i due ragazzi e bloccandoli in mezzo al corridoio» – «Ma lei chi è?» rispose uno dei due impiegati. «Sono Beltemer, ufficiale finanziario del settore Amministrativo, mi hanno chiesto espressamente di discutere con voi questo problema.» – «Ma quale problema? noi ci stiamo occupando di altro al momento, e nessuno ci ha avvisato di questa cosa» – rispose il secondo impiegato, mentre Gremy guardò per un attimo l'elevatore, che era ancora fermo al terzo piano, ed il suo Transfiguratore quantico che segnava «operatività al 49 per cento». – «Ecco, mi rincresce ma abbiamo un grosso problema che avete causato proprio voi come stabilito dalla nostra commissione» – inventò Gremy per prendere tempo – «come potete vedere, ho qui alcune pratiche di acquisto per quanto riguarda alcune navi ed un transponder, acquisti che tuttavia violano tutte le pratiche di bilancio inerenti le ultime approvazioni legislative che abbiamo concordato nell' ultimo anno»- il linguaggio complicato dei burocrati che faceva sempre effetto – «Si ma noi non c'entriamo nulla con questa cosa!» ribatté il primo impiegato. «noi siamo dell'ufficio smarrimenti, e ci occupiamo degli smarrimenti di beni militari, che nulla hanno a che fare con gli approvvigionamenti. Credo che lei abbia sbagliato sicuramente ufficio». «no», rispose Gremy rincarando la dose, mentre con la coda dei suoi due occhi secondari guardava l'elevatore ancora bloccato e probabilmente sovraccaricato – «No assolutamente, mi hanno chiesto proprio di contattare voi dell'ufficio smarrimenti perché una pratica di autorizzazione inerente all'acquisto di questi due beni in questione è andata persa. Quindi siete voi i responsabili essendo parte dell'ufficio smarrimenti» – «Si ma noi non sappiamo nulla di questa pratica persa!» disse il secondo impiegato dei due, mentre Gremy continuava a fissare con i suoi due occhi secondari l'elevatore.

Finalmente l'elevatore si chiuse ed iniziò ad andare verso il basso, mentre il tessuto connettivo si ruppe ed il magnete saltò addosso al contenitore plasmatico facendo «click!». Poi per qualche secondo non accadde nulla, mentre Gremy iniziava a sentirsi un po' disperato. Poi improvvisamente «Boooooom!» – il secchio con l'ammoniaca e l'acido che aveva prodotto un gas, saltò completamente in aria producendo una grossa vampata di fuoco che investì completamente sia l'elevatore che quella parte del corridoio del terzo piano. Si sentirono anche alcuni rumori di cose che si rompevano, dovute all' esplosione.

Poi subito dopo, molte cose vicino all' elevatore iniziarono a prendere fuoco. Il piano di Gremy aveva funzionato!

D'improvviso su tutte le porte davanti agli uffici, comparvero degli ologrammi rossi che indicavano gli elevatori di emergenza più vicini. Gremy guardò il suo transfiguratore quantico, che era ancora al sessantanove per cento. I due impiegati dissero entrambi ad alta voce «ma cosa succede qui?» in modo molto meravigliato, perché al quartier generale Militare di Mattistero non accadeva mai nulla del genere. Gremy avvertì grazie al suo tessuto connettivo una onda di allarme che veniva propagata dal sistema di emergenza del sistema. Il fuoco si stava propagando nel piano e iniziava anche ad esserci molto fumo, e Gremy approfittando del fuggi-fuggi generale e della confusione lasciò perdere le pratiche dell'ufficio Approvvigionamenti buttandole per terra, e si diresse verso gli ascensori di emergenza.

Mentre andava verso gli ascensori, incontrò molti altri impiegati che uscivano lentamente dai loro uffici, quasi increduli, e si dirigevano verso gli ascensori più vicini. Nelle porte l'ologramma in rosso recava la scritta «NON E' UNA ESERCITAZIONE. RECARSI ALL'USCITA DI EMERGENZA PIU' VICINA». Gremy era l'unico che invece a passo spedito quasi correndo cercava spasmodicamente l'uscita più vicina che per lui era invece l'entrata verso il piano superiore.

Trovò il suo ascensore di emergenza che era disposto proprio sul lato esterno dell'edificio. Appena entrato sentì l'odore di muffa e della polvere di cobalto che si era formata su tutte le superfici. Quell' ascensore era rimasto fermo per anni! Gremy provò a schiacciare il pulsante per salire, ma non rispondeva ai comandi. Probabilmente era un poco difettoso perché il tempo ed il mancato utilizzo lo avevano danneggiato. Quell'ascensore di emergenza era funzionale solo per scendere! Ce ne era uno ad ogni piano, quindi non c'era ancora modo di salire utilizzando quell' elevatore del terzo piano. Ce ne doveva essere un secondo in ogni piano perché tutto il personale in caso di emergenza ovviamente non poteva essere gestito con un unico elevatore. Gremy guardò il suo transfiguratore quantico che era ancora in caricamento al settantaquattro percento! «Questo aggeggio si deve ricaricare più velocemente, aggiungi nota per Dott. Cannister» e trasferì questo appunto nel suo mini pc portatile. Meglio sbrigare le cose subito, anziché poi dimenticarsene.

Corse quindi dall' altro lato dello stabile, in cerca del secondo elevatore di emergenza, ed arrivò molto presto trovandolo praticamente proprio al lato opposto del palazzo. Purtroppo, però vi erano già al suo interno circa sei persone che lentamente attendevano gli altri per poter scendere. «C'è un'emergenza, al tredicesimo piano l'elevatore non funziona! Il vice generale mi ha appena mandato un avviso di andare a prenderli sopra! Andremo tutti insieme prima sopra poi scenderemo nuovamente!» – gridò Gremy appena entrato nell' elevatore, ma tutti gli altri rimasero increduli ed intontiti che non dissero ne fecero nulla di strano se non assecondare il volere di Gremy. Non passò neanche un secondo che Gremy provo a far salire l'elevatore verso il tredicesimo ed ultimo piano, dove vi era l'ufficio del Generale.

Per fortuna l'elevatore iniziò lentamente il suo percorso, con il vantaggio che era anche un elevatore "panoramico" in quanto permetteva proprio per motivi di sicurezza di vedere l'esterno in maniera completa. Si accorse comunque che al piano inferiore, su un altro ascensore di sicurezza vi era un gruppo di soldati Classe 4 che stava salendo ed era pesantemente armato. Sicuramente stavano andando in alto per fare da scorta agli alti ufficiali. L'ascensore intanto lentamente stava salendo sopra il lato dell'edificio, e Gremy guardò nuovamente ansioso il suo transfiguratore che era in preparazione all' 83 per cento. Il dolore era abbastanza forte, e ormai prendeva sia il braccio che schiena e gambe, ma Gremy non ci fece più caso perché era più importante salvare la situazione.

L'ascensore intanto saliva lentamente.... 5° piano.... 6° piano... 7° piano.... c'era anche da notare che i Mattisteriani erano più alti dei terrestri, quindi le costruzioni erano anche più alte ed ogni piano era paragonabile a due circa di quelli terrestri. Gremy se lo ricordava perché aveva visto alcune immagini fornite da Matthew sulla sua abitazione terrestre, il che gli aveva fatto davvero una impressione strana quasi claustrofobica. Quindi la lentezza dell'ascensore era dovuta anche a questo, oltre alla bassa accelerazione dell'elevatore, in quanto i Mattisteriani non erano in grado di sopportare grandi e brusche accelerazioni.

9° piano.... 10° piano.... a distanza di circa 50 metri Gremy guardava dall' alto anche l'altro elevatore di emergenza che stava salendo anche lui simultaneamente. Doveva escogitare anche un modo per evitare le guardie, anche se il semplice scappare avrebbe sicuramente potuto funzionare. «Mi scusi» chiese flebilmente un impiegato all' interno dell'elevatore «ma su ogni piano non ci sono più di un elevatore in caso di emergenza? Come mai al tredicesimo piano non ci sono? si sono rotti tutti e due?» – «Non saprei, io eseguo solamente gli ordini. Lei oserebbe contraddire un ordine del vice generale in una situazione di emergenza come questa?» Ribatté Gremy sicuro del fatto suo. L'impiegato flebilmente disse «No, ovviamente se gliel'hanno ordinato avranno avuto i loro motivi» e quella fu la fine della discussione. C'era altro a cui pensare.

Finalmente arrivarono al tredicesimo piano, ed appena l'elevatore aprì le porte Gremy si trovò davanti una folta schiera di ufficiali che aspettava proprio l'ascensore per poter evacuare dagli uffici. Tra di loro il Generale Spark non sembrava esserci. Rimasero stupiti a guardare Gremy che invece di andare via lentamente come facevano tutti, gli venne incontro nella direzione opposta gridando «dove è il vice generale? Sono stato chiamato per scortarlo immediatamente!» E così facendo iniziò ad armeggiare col transfiguratore quantico per fare un po' di scena. I vari ufficiali si spostarono, ed alcuni di loro dissero «Il vice generale è rimasto per sicurezza nel suo ufficio, stanno ancora attendendo la scorta» – «Grazie, scusate devo fare in fretta» rispose Gremy e si fece strada in mezzo a quella piccola folla di ufficiali. Il suo transfiguratore quantico segnava novantaquattro per cento ma non era ancora pronto! Iniziò quindi a perlustrare tutto il piano cercando l'ufficio del Generale, che probabilmente era per motivi di sicurezza anche lui ubicato nel suo ufficio, ma nel frattempo iniziò anche ad udire i passi veloci e strepitanti degli stivali magnetici dei soldati Mattisteriani. Quindi senza usare il transfiguratore, assunse l'aspetto di un soldato Classe 4, anche se non aveva indosso nessun tipo di arma né divisa, era comunque una sorta di mimetismo che avrebbe confuso i nemici.

Arrivò di fronte all' ufficio del Generale, che era chiuso ma decise di entrare con forza lo stesso e con una forte spallata riuscì ad aprire lo stesso la porta e si ritrovò di fronte alla scrivania proprio il Generale Spark.

Un grosso Mattisteriano, più robusto del comune, con indosso la sua divisa pluridecorata e lo sguardo vitreo che puntava dritto come una scheggia, e nel frattempo aveva tirato fuori la sua pistola d'ordinanza.

Gremy per non essere colpito alzò le mani in aria, e nel frattempo guardò il transfiguratore quantico che segnava ancora «attivazione in corso, 99 per cento!» – «Soldato Gremy Tronovan, tecnico incursore di terzo livello, autorizzazione Skater Tempuri numero 249, chiedo

161

udienza straordinaria!» ed urlando queste parole, prese lentamente la sua piccola scheda identificativa e disse «Ecco qui le mie credenziali!» e lanciò verso il generale la piccola scheda che il generale raccolse al volo con la mano sinistra, ed immediatamente al contatto, apparvero sul suo computer olografico le credenziali di Gremy, con numero di missioni, date, encomi, che il generale intanto sempre con la pistola puntata in direzione di Gremy, iniziò a guardare con attenzione.

Gremy nel frattempo con le mani alzate tirò un sospiro di sollievo quando vide sul transfiguratore quantico che il caricamento era giunto al 100%, e sperava di non dover oltrepassare il limite di tempo stabilito.

IL generale intanto stava guardando, e poi esclamò ad un tratto «Oh sì, il tecnico incursore scelto di terzo livello Gremy, ricordo la sua ultima missione su Alfa Centauri e la completa distruzione di una delle nostre navi da intercettazione schiantata sulla luna di Ganimede» – «Signore, sono appunto qui per parlare proprio della missione in questione e chied...» – «Soldato Gremy, lei non ha il permesso di parlare!» interruppe bruscamente il Generale Spark «inoltre si è introdotto illegalmente nel mio ufficio senza un permesso durante un periodo di emergenza» – «ma signore io...» – ed il generale non permise di replicare alle sue accuse «Questo già è un alto crimine punibile con l'arresto, e poi dobbiamo anche includere l'esito negativo della sua ultima missione, con il capo d'accusa molto grave, di aver occultato e danneggiato tecnologia di livello superiore che compromette la sicurezza planetaria e dell' intero sistema di Poconandia» – e nel frattempo che Gremy cercasse di replicare a quella specie di sentenza sommaria, sentiva nel corridoio il fragore degli stivali magnetici dei soldati di fanteria Classe 4 che arrivavano di gran carriera per proteggere il generale. «Signore, io non ho fatto ciò di cui sono accusato. Chiedo di pot...» – ma il Generale Spark non voleva saperne, e lo interruppe nuovamente: «Soldato Gremy lei è in arresto per la violazione delle regole di ingaggio dei Tecnici incursori, per la violazione dei diritti di sicurezza Militari e per la violazione dei permessi nei confronti di un ufficiale di Alto Rango» – quel tipo di

162

gente come quel Generale era abituata a comandare, e pensava solamente ai crediti e alla possibilità di ingaggiare nuove guerre. Tutto il resto era superfluo, quindi la questione per il Generale Spark era diciamo «risolta».

Intanto le guardie entrarono nell' ufficio puntando le loro armi verso Gremy e guardando il generale che aveva la pistola in direzione di tiro ed il pc olografico in esecuzione

«Soldato Gremy, la dichiaro in arresto per i capi di accusa che le ho dichiarato pocanzi» – Gremy intanto focalizzò uno scudo di Turanio davanti a sé, giusto per stare sicuro che il Generale non facesse scherzi con la sua pistola. «Generale, io sono a conoscenza di alcune problematiche molto gravi e del fatto che sono ingiustamente accusato di cose che non ho commesso. Sarebbe meglio per tutti che voi non mi arrestiate» – ma il Generale Spark non voleva proprio sentire ragioni «Soldati, arrestate immediatamente questo disertore!» ed i soldati Classe 4 iniziarono ad avanzare lentamente verso Gremy, che intanto per evitare problemi focalizzò una grossa sfera protettiva di Turanio intorno a sé. Il Transfiguratore quantico fece «Bzzzzzz» e nel giro di pochi attimi Gremy fu circondato da una sfera grigia di Turanio, il materiale più duro e resistente conosciuto. L'aria tutto intorno si fece elettrica, e gli oggetti divennero freddi e consumati perché il Transfiguratore per funzionare raccoglieva energia e molecole da tutti gli oggetti circostanti per creare il materiale desiderato.

Il Generale Spark ed i soldati si spaventarono alla vista di quello strano oggetto, ed il generale disse «Soldati, sparate!» Ed i soldati iniziarono a sparare verso Gremy con tutte le armi possibili.

Alcuni di loro assunsero posizioni di difesa e si accovacciarono per terra, mentre con i loro fucili al plasma sparavano verso Gremy, mentre altri lentamente avanzavano sparando.

Gremy poteva sentire quell' abbattersi di scariche e flussi di energia da tutte le direzioni, sempre più forte. Addirittura, gli arrivarono anche due forti colpi, provenienti da qualche altro tipo di arma più potente, ma la sfera di Turanio era pressoché indistruttibile e reggeva bene il colpo.

Intanto la bufera di colpi stava continuando, e la stanza era diventata un unico balenare di lampi blu, mini-esplosioni, fumo e raggi dappertutto. «Ziong, Ziong, Ziong, Ziong» i soldati ben addestrati ed attrezzati continuavano senza sosta a sparare verso la sfera grigio scura, senza nessun risultato però.

Gremy si stufò di quella situazione, anche perché il tempo di utilizzo limitato del transfiguratore quantico scorreva velocemente.

Gremy focalizzò nella sua mente il più grande Cannone Cinturiano che avesse mai visto, e pensò di averlo sul suo braccio destro, mentre sul sinistro aveva lo scudo fatto dalla sfera di Turanio.

Improvvisamente, in mezzo ai bagliori e alle esplosioni dei fucili al plasma, si vide una sorta di lampo globulare blu intorno alla sfera ed alcuni raggi dei fucili vennero deviati ed assunsero un aspetto curvo anziché rettilineo in qui precisi istanti.

Si sviluppò anche del ghiaccio tutto intorno perché il Transfiguratore quantico stava facendo il suo dovere. Passarono solo pochi secondi ed a fianco alla sfera comparve un grosso Cannone Cinturiano ancorato sempre alla sfera di Turanio. I soldati intanto continuavano a sparare senza sosta anche se increduli su quanto stava succedendo.

All' interno della sfera Gremy, risoluto nel compiere la sua azione, non volendo uccidere nessuno impostò il cannone Cinturiano su «stordisci» anziché su «polverizza».

Quindi, mentre i colpi continuavano ad abbattersi sulla sfera, prese la mira ed iniziò dal suo lato sinistro: «zzzzzzz…..booom!» – ci fu un lampo bianco, poi il cannone si mosse di qualche centimetro indietro, e dopo nemmeno un secondo una palla bianca elettrica avvolse un Soldato Classe 4 completamente e poi la palla esplose portando in aria il Soldato, alcuni pezzi dell' edificio, il suo fucile, il soldato che era in copertura al suo fianco, la gamba di un terzo soldato, una sedia, e tutte queste cose furono sbalzate per svariati metri intorno alla stanza. Molte cose furono schizzate sulle pareti dove sbatterono con forza, ed infine i tre soldati caddero a terra feriti e svenuti. Intanto gli altri soldati continuavano a sparare su Gremy… «Ziong, Ziong, Ziong, Ziong,» ed i fucili continuavano a eruttare plasma inutilmente. Gremy invece prese nuovamente la mira, ed il cannone fece nuovamente «zzzz……. Boooom!» ed un'altra sfera elettrica bianca si abbatté su altri quattro soldati, che saltarono in aria insieme alle loro armi. Quando la sfera di energia esplose, i loro fucili insieme ai loro stivali e alle loro armature furono fatti a pezzi e sparpagliati per tutta la stanza. Gremy noncurante dei loro spari, lentamente ma inesorabilmente continuò con il suo «zzzzz...Booom!» …. «zzzzz...Boooom» per circa altre quattro volte. Dopodiché sempre dall'interno della sfera fece la conta dei soldati rimasti, che da molte decine erano rimasti solo in quattro più il Generale Spark.

Ad un certo punto, mentre Gremy stava ripuntando il cannone Cinturiano di nuovo alla sua sinistra per ricominciare il suo super stordimento, il Generale Spark gli girò le spalle, alzò le mani in aria con la sua pistola ed iniziò ad ordinare urlando, cercando di superare il suono dei raggi, dei fucili al plasma e delle esplosioni «Basta! Non sparate!» – «Basta! Non sparate!» dovette ripeterlo circa quattro volte a voce fortissima per far sì che il primo soldato iniziasse a fermare gli spari a ripetizione, e via via tutti gli altri si bloccarono e smisero di sparare a Gremy.

Il Generale Spark si voltò nuovamente verso di lui sempre con le mani alzate, e disse «Va bene Gremy, ci arrendiamo. Il tuo arresto è momentaneamente sospeso.» – Ovviamente era stato sopraffatto dalla dimostrazione di forza di Gremy e aveva capito di aver perso quella battaglia contro quel nemico molto più forte di lui. Gremy allora smise di sparare con il suo Cannone Cinturiano, e come gli aveva insegnato il Dott. Cannister, prese la sfera e modellandola mentalmente creò una apertura proprio sul davanti, in modo da poter vedere direttamente il generale Spark e mostrare il suo viso al Generale.

«Generale, queste sono le mie condizioni: il mio arresto deve essere cancellato, in quanto io non ho perpetrato nessun crimine nella mia ultima missione. Non ho occultato nessun tipo di tecnologia superiore, anzi io stesso ne sono stato privato e sto conducendo delle ricerche in autonomia per risalire a cosa sia successo esattamente» – il generale

Spark intanto avanzava lentamente verso Gremy, in una tecnica di combattimento antica ma sempre efficace: anche in caso di resa non si aveva mai paura del nemico, ma lo si fronteggiava continuamente e si doveva schiacciare il suo spazio per renderlo strategicamente più debole.

«Soldato Gremy, prenderemo in considerazione le sue richieste. Che diavoleria invece è mai questa che sta utilizzando?» chiese meravigliato «Si tratta di una arma di difesa sperimentale che non fa parte di tecnologia superiore, ma è stata sviluppata proprio qui su Mattistero.» Gremy comunque parlando vide che il generale si stava avvicinando troppo, e poteva quindi fare qualcosa di sconsiderato od ingaggiare un attacco corpo a corpo o roba simile. Prese il Cannone Cinturiano e lo puntò dritto dritto contro il Generale Spark. «Non si muova altrimenti sarò costretto ad aprire il fuoco. Ora torni indietro, prenda la mia tessera di riconoscimento, ed inserisca l'ordine di cancellazione del mio arresto negli archivi» – «Va bene Gremy, non scaldiamoci! Vedo che sei comunque rimasto un tipo in gamba come tecnico incursore di terzo livello!» – rispose il Generale Spark fermando forzatamente la sua lenta avanzata. «Firmerò l'ordine di cancellazione, ma tu in cambio dovrai fornirci le specifiche dell'arma di difesa che stai utilizzando!» – «Oh Diavolo, ecco qui lo sapevo!» pensò Gremy, poiché i funzionari a quel livello pensano solo a tre cose: crediti, guerre, e nuove armi per vincere le guerre. Tutto il resto non ha nessuna importanza per loro. Gremy quindi pensava al futuro e se armi del genere fossero date in dotazione a tutti i soldati, sarebbe venuto fuori un grosso pandemonio! Ma l'impasse con il generale lo obbligava quasi ad una risoluzione forzata della faccenda. Inoltre, il suo Transfiguratore quantico aveva iniziato a lampeggiare, perché erano già passati 27 minuti di funzionamento e ci si avvicinava alla soglia critica.

«Va bene Generale, firmi pure l'ordine. Io poi le darò le specifiche di questa nuova arma di difesa, ma voglio avere anche accesso a tutti i dati riservati e classificati inerenti alla mia ultima missione su Alfa Centauri. Voglio capire di cosa stiamo parlando e cosa stiamo

166

cercando» – «Soldato Gremy!» rispose minacciosamente il generale «Ti stai assumendo tutte le responsabilità, e ti stai mettendo contro il potere imperiale Mattisteriano! Stai assumendo la parte sbagliata di un gioco molto più grande di te, nel quale potrai finire schiacciato! Sei stato avvisato!» - «Una volta oltrepassato questo limite, non si può tornare più indietro. Sarai considerato un nemico dell'impero e trattato come tale.» – Gremy rispose senza mezze misure «Non mi importa, io voglio soltanto la verità. Compili immediatamente il mio ordine di cancellazione arresto».

Nel frattempo un altro soldato era appena entrato nella porta, arrivato da chissà dove, e sparò subito contro la sfera protettiva di Gremy, che rispose al colpo con il suo cannone Cinturiano... «zzzzz... Boooom!» ed il soldato volò in aria insieme con il suo fucile ed un altro paio di soldati che erano già svenuti e caduti per terra in precedenza.

«Cazzo, Soldato!» urlò stizzosamente il generale Spark, che ormai era stato "incastrato" ed aveva perso la sua personale "battaglia".

«Gremy, sto compilando proprio ora l'ordine di cancellazione del tuo arresto. Avremo a breve i dettagli della tua arma di difesa, ma purtroppo non possiamo darti accesso ai dati riservati e classificati della tua ultima missione, perché questi sono stati distrutti. Se tali informazioni riservate venissero divulgate verrebbero compromesse figure importanti, tra cui l'imperatore stesso di Mattistero e ciò metterebbe anche in pericolo tutto l'intero sistema di Poconandia, e questo è il motivo per cui non posso darti tale autorizzazione. Abbiamo un ordine tassativo di non rilevare tali informazioni anzi se possibile di distruggere qualsiasi copia digitale di tali informazioni, e tale ordine ci è arrivato direttamente da una fonte attendibilissima».

«Ma io voglio sapere cosa è successo!» Urlò Gremy molto arrabbiato, perché non era riuscito nel suo intento di scoprire la verità. Il generale rispose: «C'era della tecnologia antica e superiore che è stata rubata o smarrita durante l'ultima missione che hai compiuto, e ritenevamo che tu fossi l'unico responsabile di tale manomissione, insieme all'umanoide che avevi a bordo della tua nave e che hai prelevato ed aiutato senza il nostro preventivo consenso. Tutti questi atti sono già indici di diserzione e di rifiuto degli ordini dell'Alto Comando» – «inoltre» proseguì il generale, cambiando espressione del viso e tono di voce «ti stai mettendo contro tutti e stai per ingaggiare una guerra personale. Non dovrei dirtelo, ma le nostre unità di intelligence hanno rilevato che questi vecchi manufatti stanno venendo ricercati con tutte le forze possibili da una razza leggendaria di predatori, chiamati I Camminatori, sui quali non abbiamo molte informazioni. Sono una razza molto avanzata elettronicamente, e a dirti il vero loro utilizzano un simbionte chiamato protomolecola di cui non conosciamo nulla, tramite il quale sono in grado di assimilare qualsiasi civiltà.. Questo è il motivo per cui abbiamo l'ordine di non conservare copie digitali di informazioni inerenti al loro stato e alla posizione e descrizione dei manufatti. Sarebbe molto rischioso lasciare tali informazioni nelle loro mani. Non sappiamo ancora molto su di loro, né dove siano né cosa stiano tramando._Te lo dico col cuore Gremy, lascia perdere tutto questo e chiudiamo la questione qui. Consegnaci tutto quello che hai e noi non ti arresteremo, faremo finta di niente e tutto tornerà più o meno come prima.» disse il generale Spark come sentenza finale. Gremy sapeva di aver superato già il tempo limite concesso dal suo transfiguratore quantico. «No!» Urlò con tutta la voce che aveva a disposizione. «Io non ho in possesso nulla! Non ho il manufatto, non ho l'umanoide, non so cosa sia successo! Scoprirò la verità, scoprirò cosa è successo al manufatto e chi sono e cosa vogliono questi Camminatori!» aggiunse con moltissima enfasi ed il Generale Spark, abituato alle trattative in guerra, rispose «Allora Gremy ti propongo un accordo, un accordo tra di noi. Anziché combattere una guerra personale, alleati con noi ed aiutaci a scoprire e ritornare in possesso dell'antico manufatto e di tutti i suoi segreti. Io farò finta di niente, cancellerò tutti i files relativi alle tue ultime missioni e ti darò un lasciapassare illimitato per Skater Tempuri, anche con possibilità di visita presso l'Imperatore stesso. Anche l'imperatore ha delle informazioni riguardo i Camminatori, e riguardo la posizione di eventuali altri manufatti. Tu dovresti conoscere queste cose per poterci aiutare. Questo è il patto Soldato !! ora cancellerò tutti i dati e mi aspetto che tu mi faccia rapporto della situazione entro massimo trenta giorni» e poi il Generale Spark accese nuovamente il suo mini pc portatile ed effettuò quanto promesso. Anche nelle situazioni più brutte era sempre abituato a vincere, per cui non si aspettava nient'altro che una risposta affermativa. Gremy guardò il transfiguratore quantico che aveva superato il tempo limite e segnava circa 48 minuti. «Ci rivedremo, Signore!» disse Gremy, e poi pensando ad un modo come uscire dal palazzo, senza incorrere in problemi con le guardie che gli avrebbero fatto perdere altro tempo con il suo transfiguratore quantico, decise di farlo nella maniera più veloce possibile.

Il suo braccio era fuori controllo ed era diventato di colore argenteo molto duro ma era pur sempre collegato al transfiguratore. La sfera di Turanio che lo proteggeva divenne più morbida in basso, e Gremy così ne approfittò per prendere la rincorsa e andò a schiantarsi contro la grande _finestra dell' ufficio del Generale Spark.

Il generale vide semplicemente questa grossa palla di Turanio ondeggiare, prima da un lato, poi dall' altro e poi velocissimamente andare a sbattere contro la finestra che andava in mille pezzi.

Gremy sentì tutti i materiali che componevano la finestra rompersi come bastoncini di burro e di cristallo sotto la pressione del Turanio, poi sentì l'aria intorno alla sfera e poi avvertì la forza di gravità che cominciava a spingerlo giù e a farlo accelerare verso il basso.

Gremy contò mentalmente fino a dieci, mentre cadeva, poi sentì un boato intorno a sé e il terreno che esplodeva sotto la sua sfera di Turanio, esattamente proprio sotto i suoi piedi.

Il colpo fu talmente forte che anche lui andò a sbattere nell' interno della stessa sfera per inerzia.

Rialzandosi, la prima cosa che fece fu quella di spegnere finalmente il transfiguratore.

La sfera di Turanio si dissolse per metà. L'altra metà rimase collegata ed attiva al suo braccio sinistro che era argentato e molto duro. Non lo sentiva più, così con la mano destra prese un paio di fluidi rigeneranti, gli ultimi che aveva in tasca, e fece proprio un paio di iniezioni sul braccio nel tentativo di ripristinare il suo stato di salute generale. Si alzò da terra, leggermente stordito, e tenendo ancora lo scudo fatto dalla sfera di Turanio, guardò il piccolo cratere in cui si trovava, proprio nell' area antistante il palazzo Imperiale Militare. Nonostante non avesse più le forze, doveva a tutti i costi andare via da quella strada perché quella era una posizione aperta e pericolosa.

Presto sarebbero arrivati altri soldati, droni ed ufficiali per controllare tutta la situazione e quello strano incidente e ovviamente se lo avessero visto in quelle condizioni lo avrebbero sicuramente utilizzato come bersaglio e preso di mira.

Inoltre non poteva più usare il transfiguratore quantico al momento, per cui l'unica cosa che gli rimaneva da fare era scappare.

Zoppicando fece qualche metro sempre con la semisfera di Turanio al braccio, e fortunatamente vide un canale di scolo delle acque che circondava e separava il Palazzo imperiale Militare dal Palazzo Imperiale governativo. Non sapeva dove lo avrebbe portato, né dove sarebbe arrivato, ma non riusciva più a muoversi a causa dell'uso smodato del transfiguratore e della tossicità raggiunta oltre il limite consentito. Così accasciandosi Gremy si buttò nel canale di scolo usando come scudo a mo' di piccola imbarcazione la semisfera di Turanio che era ancora agganciata ed attiva suo braccio sinistro.

Era veramente esausto. Cadde con tutto il peso, e l'acqua iniziò a trasportarlo lungo tutto il perimetro dei palazzi Imperiali di Skater Tempuri. Vide alcuni droni che andavano verso il luogo dell'incidente, e poteva sentire in lontananza alcune pattuglie di soldati che si avvicinavano al palazzo Imperiale Militare correndo. Lui non ce la faceva proprio più. La corrente d'acqua iniziò a far sbattere il suo corpo nelle pareti laterali del canale di scolo, mentre la semisfera di Turanio si faceva più piccola e malleabile a mano a mano che i fluidi rigeneranti facevano il loro effetto. Gremy aveva sopportato troppo dolore, fatica e tossicità. Mentre l'acqua lo fece sobbalzare e lo portava via nel canale, svenne.

Poi un forte colpo in testa, e lo scroscio dell'acqua che gli schizzava in faccia lo fecero rinvenire.

170

Aveva sbattuto la testa su una grata di filtraggio del canale di scolo, che faceva passare l'acqua nei sotterranei. Era a circa novanta metri dal palazzo Militare Imperiale, ma non era ancora al sicuro.

Si guardò il braccio, che aveva ancora una parte della sfera di Turanio ma molto più piccola e malleabile, ma il suo braccio, tuttavia, non era ancora in grado di funzionare. Era diventato metallico data l'elevata composizione di mercurio e Titanio presente nel suo fluido primario. Non sapeva se avesse potuto utilizzarlo ancora. Il transfiguratore era fuori uso al momento, dato che non poteva riaccenderlo e non aveva sufficienti fluidi vitali rigeneranti.

Così si alzò dal canale mantenendo i piedi ancora nell' acqua, ed usò parte della divisa superiore per coprire il braccio ed il transfiguratore quantico.

Si trovava in una via secondaria al lato del palazzo imperiale Militare. Iniziò lentamente a camminare facendo finta di nulla per non destare sospetti e continuò a camminare tra la folla in direzione della stazione Hyperloop più vicina. Doveva uscire dal centro di Skater Tempuri ed andare a ritrovare subito il Dott. Cannister, per lo meno per prendere degli altri fluidi vitali rigeneranti, almeno quelli!

Era molto stanco e provato, così camminò per circa un chilometro avvicinandosi ai giardini imperiali, poi entrò nei giardini e trovò un angolo vicino ad una pianta dove appoggiarsi e riposarsi un poco.

Si accasciò esausto vicino dietro ad una pianta ed un cespuglio e chiuse gli occhi. Dormì qualche ora, poi si risvegliò bruscamente,

Il colpo ricevuto sulla grata, quella pianta azzurra e le tracce di cobalto e soprattutto la stanchezza, gli fecero riaffiorare alla mente un nuovo ricordo:

Lui era su una piccola luna di Giove, nel sistema solare 459. Aveva una torcia in mano, ed era appoggiato su ciò che rimaneva di una piattaforma per il carico scarico delle merci. Fuori era tutto buio, e davanti a sé aveva l'ingresso luminoso di una costruzione, costruzione in cui per qualche tempo vi era stato l'umanoide con altri suoi simili all' interno. La costruzione esternamente sembrava quasi una colonia, oppure un tempio abbandonato di qualche antico culto. Lui stava

171

cercando di nascondere il manufatto che aveva l'umanoide con sé e che qualcuno stava cercando di portarglielo via.

Questo ricordo molto vivido e chiaro ridette a Gremy un ulteriore tassello di speranza in più, prese dalla sua tasca la mappa olografica ed aggiunse quell' episodio nel passato ovviamente, nel viaggio prima dell'incidente avvenuto su Ganimede. Poi finalmente soddisfatto ma ancora esausto, richiuse la mappa e decise di dormire ancora qualche ora per riacquistare le forze mentre i fluidi vitali facevano il loro effetto.

CAPITOLO SESTO - Una nuova speranza

Passarono circa dieci ore, poi Gremy riaprì gli occhi dopo la lunga dormita che aveva fatto alla base dell'albero di Lermitarso presente nei giardini Imperiali. Subito si guardò il braccio, che era ancora metallico ed ancora duro, tuttavia la sfera di Turanio era diventata solo una piccola escrescenza sul suo braccio, segno che la situazione lentamente andava migliorando.

Si alzò, anche se affaticato, spolverando la leggera polvere di cobalto che aveva indosso, ma decise subito di andare alla stazione dell'Hyperloop dal Dott. Cannister. Ora che aveva chiarito la situazione con i militari almeno per quello era molto più tranquillo. Così uscì dalla zona centrale di Skater Tempuri, attraversò il confine della bolla temporale ed entrò nella stazione centrale dell'Hyperloop. L' Hyperloop ci impiegò solo quindici minuti per riportarlo a Molonia, e dopo altri dieci minuti era già a casa del Dott. Cannister. «Dottor Cannister, sono tornato!» esclamò appena entrato nella sua cupola abitativa. «Oh Garaway Anatom, si accomodi il padrone arriverà subito da lei» rispose C68 l'androide casalingo del dottore. Dopo qualche minuto, spuntò dal corridoio il Dr. Baldok Cannister, visibilmente provato e con la sua divisa da laboratorio completamente unta e sudicia. «Oh Garaway! che bello sei già tornato!? Hai portato i test per il transfiguratore?» – classico per un dottore come lui, la cosa più importante era solo il suo lavoro e i suoi esperimenti. Tutto il resto valeva zero – «Dottor Cannister, mi spiace ma non sono riuscito a fare ancora i test come promesso. Glieli porterò l'ultima volta. Ho purtroppo avuto un piccolo Incidente con il transfiguratore e questo è il risultato» e dicendo così mostrò il braccio ancora metallico intriso di mercurio e titanio. «Oh, veramente notevole! Per quanti minuti lo hai sopportato? «chiese Cannister molto curiosamente «circa 47 minuti. Ben 17 minuti più del dovuto» – «Notevole Garaway, veramente notevole! Dovremmo subito effettuare dei campioni e dei test al tuo braccio, poi vedrò come poterti aiutare a sistemarlo più in fretta» e mentre diceva così prese il braccio sinistro di Gremy e lo trascinò con sé verso il magazzino ed il laboratorio, quasi incurante di quello che avrebbe fatto o detto Gremy.

Intanto C68 nella sua più completa accondiscendenza, chiese se poteva preparare un tè per entrambi, e la richiesta fu accolta.

«Vediamo un po' questo braccio quasi saldato al transfiguratore» disse Cannister con la sua solita vocina stridula, mentre inforcava i suoi quadriocchiali ed era quasi incurante di tutto il resto «Sembra che il titanio ed il mercurio abbiano quasi creato un nuovo livello strutturale, il cui peso atomico è simile a quello di un metallo ma con una linea organico-sintattica al suo interno». Cannister stava pensando a voce alta, e Gremy cercò di riportare l'attenzione al suo problema principale «Dott. Cannister, pensa che riuscirà a guarire il mio braccio?» - «Beh, sicuramente potremo fare qualcosa, il tempo limite è stato superato ma fortunatamente non abbiamo oltrepassato il punto di non ritorno. Credo che se avessi continuato ad utilizzare il transfiguratore per un altro minuto avresti potuto perdere l'uso del braccio che sarebbe divenuto parte integrante del transfiguratore stesso» rispose Cannister, mentre cercava di prelevare un piccolo frammento di pelle dal braccio di Gremy per analizzarlo. «Ecco qui, ti darò una bella scorta di fluidi vitali da utilizzare almeno tre volte al giorno, per un periodo circa di tre giorni, dovrebbero bastare. In cambio ovviamente mi porterai i test sulle donne Mattisteriane come promesso, ed in più circa un chilo di Magnesio per i miei esperimenti. Non mi importa dove lo trovi, l'importante è che sia Magnesio puro. So che viaggi spesso, quindi non dovrebbe essere un problema per te» – disse Cannister mentre cercava di staccare il transfiguratore quantico dal braccio di Gremy. E poi aggiunse «Purtroppo il transfiguratore al momento non può essere smontato, mi sarebbe piaciuto molto analizzare la struttura del tuo braccio vicino al regolatore quantico per capire meglio riguardo la fusione molecolare». Gremy rispose con un semplice «Va bene.», e rimase molto pensieroso. Poi mentre Cannister stava iniettando del nuovo fluido vitale nel suo braccio chiese il suo parere scientifico su un argomento che gli stava a cuore: «Dott. Cannister,

174

questo apparecchio riesce a plasmare la materia attraverso lo spazio giusto? E cosa ne pensa di qualche altro oggetto che possa plasmare la materia attraverso il tempo? Sarebbe possibile secondo lei? Ha mai sentito qualcosa riguardo gli antichi Saggi Mattisteriani e le loro leggendarie battaglie con i Camminatori?» disse Gremy confessando come ad un caro amico uno dei suoi intimi dubbi. Cannister intanto posò sul tavolo di lavoro la provetta metallica contenente il fluido vitale, si tolse i quadriocchiali ed assunse un'aria molto seria.

Passarono alcuni secondi, poi la sua voce stridula si fece un po' meno acuta rispetto al solito, e rispose: «Vedi Garaway, teoricamente viviamo in un universo spazio-temporale in cui la materia è semplicemente uno stato di conservazione dell'energia come la conosciamo in questo momento. L'energia può essere creata, modificata e plasmata sia nello spazio che ovviamente nel tempo. Quindi teoricamente una macchina del genere potrebbe esistere. I grandi generatori che creano costantemente la barriera temporale di Skater Tempuri ne sono un esempio. Tuttavia, non è possibile analizzarli, l'imperatore ha emesso da tantissimi anni un divieto per evitare che tali generatori vengano danneggiati e che tale tecnologia venga persa, mettendo in pericolo la città imperiale stessa. E avevo letto da qualche parte riguardo alle antiche lotte fra i saggi Mattisteriani ed i Camminatori. I Saggi Mattisteriani erano in possesso di antiche tecnologie che gli davano grandi poteri quasi magici, e la leggenda dice che erano in grado di controllare molto bene lo spazio-tempo. I Camminatori invece erano dei predatori molto tecnologici, una sorta di androidi cibernetici che distruggevano ed assimilavano qualsiasi civiltà con cui entravano in contatto. Erano affamati di energia, e per sostentarsi succhiavano il nucleo di ogni pianeta con cui entravano in contatto e assimilavano la civiltà e le razze che incontravano. Da qui il soprannome "Camminatori". Si narra fossero molto spietati e rigidi e molto matematici nei loro calcoli. Il loro obiettivo era quello di impadronirsi della tecnologia degli antichi Saggi per poter sottomettere tutto questo settore dell'universo in maniera completa. Naturalmente i Saggi riuscirono a fermarli e si narra che nascosero in varie parti di questo settore i loro manufatti e la loro tecnologia spazio-temporale» - Cannister aveva assunto in quel momento la personalità come di un fratello maggiore, quasi di un padre, per Gremy che lo ascoltava estasiato. «Purtroppo, non sono riuscito mai a vedere da vicino uno di questi manufatti, ma pare che grazie ad uno di questi riuscirono a sconfiggere i Camminatori e a relegarli da qualche parte o a estinguerli ma fu una battaglia davvero cruenta.» - Gremy si sentì molto confortato da quelle parole, e chiese allora di più spingendosi oltre nel rivelare dettagli preziosi per la sua missione: «Dott. Cannister, io casualmente ho incontrato uno strano oggetto con un cristallo in cima ed una sorta di generatore. Ho avuto toccandolo una strana impressione, e mi è come sembrato di far scorrere la mia vita come un film. Secondo lei è possibile tutto questo?» - «Certo Garaway, in teoria questo sarebbe possibile. Probabilmente si tratta di qualche manufatto antico che ha la possibilità di spostare la materia anche nel tempo così come, ad esempio, il transfiguratore lo fa nello spazio. Magari se ne avessi a disposizione un prototipo, potrei studiarlo e creare un oggetto simile» rispose Cannister, già sognante verso il suo prossimo esperimento. Gremy disse che ne avrebbero parlato un'altra volta, e che avrebbe fatto il possibile per procurargli uno di quei manufatti. Così prese le altre fiale di fluido vitale e stava per andare via, quando Cannister esclamò: «Ecco! Garaway, ho avuto una idea per il tuo braccio! Mi servirebbe solamente del tessuto rigenerante come quello delle donne Mattisteriane o delle grandi Balene blu. Teoricamente collegandolo al transfiguratore e sostituendolo al titanio e mercurio ed attivandolo dovrebbe sistemare il tuo braccio in pochi secondi!» - era una proposta semi-allettante ma anche un po' pericolosa. Gremy aveva ancora il braccio indolenzito, ed al solo pensiero di sopportare altro dolore gli sarebbe andata via qualsiasi voglia. Ma il Dottore era pieno di sorprese anche molto utili a volte, così Gremy gli credette e volle seguire il suo folle piano. «Dott. Cannister, si dà il caso che io abbia dei pezzi di tessuto di Balena, utilizzati nella mia coperta rigenerante. Potrebbero andare bene?» - «Garaway, sarebbero ottimi! Mettiamoci al lavoro e sistemiamo questo braccio!».

Così di buona lena Gremy e Cannister smontarono i pezzi della coperta rigenerante, Cannister collegò tali tessuti all' interno del transfiguratore quantico, lo accesero e Gremy si concentrò sul suo braccio originale come lo era sempre stato.

Dopo qualche minuto necessario per far attivare il Transfiguratore quantico, lo strumento si attivò ed in pochi secondi il braccio di Gremy tornò normale!

Inoltre, Gremy poté anche sentire nei minuti successivi che tutto il resto del suo corpo si stava rigenerando ed i dolori e le stanchezze erano totalmente spariti! Il Dott. Cannister come al solito aveva avuto una intuizione geniale!

Gremy poi lo spense, lo fece rimettere a posto dal Dottore ed insieme bevvero un tè rilassante, corredato dalle barzellette di C68 e così arrivo una nuova serata in quei giorni molto movimentati per Gremy.

Dopo aver ripreso il transfiguratore e salutato Cannister e C68, Gremy decise di ripercorrere nuovamente i luoghi e gli avvenimenti della sua ultima missione per poter ricordare esattamente cosa fosse successo al manufatto che avevano trovato e all' alieno umanoide che aveva per così dire "salvato".

Così riprese l' Hyperloop ed andò presso la zona industriale di Skater Tempuri, dove acquistò una nuova astronave da ricognizione Maxtor 1500, per circa 75000 crediti.

Nella sua tessera portacrediti anonima, rimasero circa 28000 crediti dopo l'enorme vincita che aveva fatto al casinò. L'astronave da ricognizione rimase ormeggiata presso la zona industriale, nel frattempo che Gremy mettesse insieme un piccolo equipaggio per quella missione. Quindi quella sera finì molto tardi e tornò a rincontrare la sua amica Amina che fortunatamente aveva il turno libero l'indomani. Quella notte condivisero insieme il chiaro delle due Lune di Mattistero, mentre insieme bevevano Glaciascona e fantasticavano su un possibile prossimo viaggio interstellare. Probabilmente Amina sarebbe stata una compagna di viaggio perfetta per ripercorrere una "vecchia" e nuova avventura insieme con Gremy a bordo della loro astronave.

Fine Manoscritto Parte 1 – Androide 358 "Il Camminatore".

RINGRAZIAMENTI

Questo è il mio primo romanzo, scritto dopo una lunga parentesi durata circa 15 anni. Avevo iniziato già in età adolescenziale a scrivere un piccolo capitolo di un romanzo di fantascienza, poi mai concluso, per vari motivi e vicissitudini. Questa piccola bozza era rimasta sempre lì chiusa nel cassetto della memoria.

Poi all'inizio di quest'anno, in questo particolare periodo storico che mi ha profondamente colpito, dalla "pandemia" all'isteria sociale che ha caratterizzato questi mesi e questo particolare momento, sono avvenuti ulteriori colpi di scena che mi hanno portato alla decisione di scrivere questo mio primo romanzo fantascientifico.

Il primo colpo di scena è stato la dipartita di Chick Corea, famosissimo musicista Jazz dal quale ho tratto ispirazione. In punto di morte ha lasciato una commuovente lettera destinata un po' a tutti, ed in questa lettera nella parte finale diceva che il mondo ha proprio bisogno di artisti di qualsiasi tipo essi siano. Quindi chiedeva a gran voce a chiunque, che fosse uno scrittore, uno scultore, pittore, musicista, cabarettista, insomma chiunque fosse un artista di provare a mettersi in gioco, pubblicare e realizzare le proprie opere.Solo così il mondo poteva essere un mondo migliore.

Poi a distanza di solo un mese, un altro "input" è arrivato nella mia vita, il mio carissimo amico scrittore Roberto Maltese ha pubblicato il suo primo libro "Le mille riserve dell'anima". Ne abbiamo parlato insieme e grazie al suo entusiasmo contagioso ho ripreso il mio vecchio sogno nel cassetto ed in pochissimo tempo l'ho concretizzato ed eccolo finalmente qui. A queste due persone speciali vanno i miei ringraziamenti, così pure a tutte le altre persone speciali che conosco ed incontro ogni giorno nella mia vita e nel quotidiano, persone di buona volontà, che vogliono far andare bene le cose e che sono positive.

Un abbraccio molto sentito a tutti e vi aspetto con i vostri commenti sui miei profili digitali:

Sito www.christianmills.it

Facebook @christianmillswriter

INFORMAZIONI SULL'AUTORE

Christian Mills si affaccia al mondo della scrittura con questo suo primo inedito romanzo di Fantascienza. Scrittore istintivo e sperimentale, Maestro di pianoforte e programmatore Informatico, da anni appassionato di musica, scienza e tecnologia, ha voluto mettersi alla prova con la stesura di questa opera che potrebbe far parte di una lunga collana.

Autore sempre molto attento sia ai dettagli che anche al lato più intimo e spirituale delle cose, ha tratto ispirazione da molti romanzi di Isaac Asimov, L. Ron Hubbard e Philip K. Dick.

www.ingramcontent.com/pod-product-compliance
Lightning Source LLC
Chambersburg PA
CBHW072356030726
47505CB00014B/1854